鮭の大地

目次

パチンコ

昼食が終わる。殺風景な二階の食堂から灰色のコンクリート階段を下り、スタッフ・オンリーのドアをあけると明るい照明に照らしだされたフロアーは、大音量の音楽と、マイク放送が店内の客を煽っていた。

小西隆夫は、静寂な休憩室を兼ねた食堂から、異次元の世界へ踏み出すようなこの雰囲気に、ドアの前で、毎度のことながら一旦、身構えてからフロアーに立つ。腰にぶらさげたパチンコやスロット台の鍵を手で確かめてから店内に入る。整然と、点滅を繰り返す冷たい機械が並び、客は自分の目の前を見つめ、透明なコンパートメントが仕切るかのように背中合わせに向かい合う。一列に並ぶシマと呼ぶ上部に取りつけた警告ランプを見て、異常がないかを確認しながらホール全体を歩き始めた。

従業員も客層も、数年前より若者が増えた。自分が娯楽施設の従業員にもかかわらず、ウイークデーの晴れた昼間から、いったいこれだけの人間達は、なにをしているのか不思議になる。学生やサラリーマンの、ちょっとサボり、という感じではなくなった。まるですべての人が、セミプロのような感覚で店に出入りしている。

パチンコやパチスロの情報誌も、派手にコンビニに並び売られて久しい。これを嬉しい状況と思うか、刹那的な世の中になってきたのかと、人によってその感慨は違う。掃除の行きとどいた、ワックスのよく効いているホールを歩きながら小西はそう感じていた。

この店にきて十五年が経つ。北の大地は素晴らしいと人は言うが、ここ札幌の繁華街や駅周辺を見回しても、日本全国どこも似通ったもので、それほど市街地が変わった空間などない。小西隆夫は、三十歳まで東京にいたが、心境の変化から、知り合いのまったくいない札幌に移り住み、単調な歳月を重ねた。

ここパチンコ店アライズでは、四十歳を過ぎた最高齢と経験から、主任という肩書きをもらい、店の三階に住んでいる。自分は遊戯施設で働いているが、賭けごとはやらない。ときどき、気に入った居酒屋で、仕事終わりに酒を飲むのが、唯一の趣味であり娯楽となった。髪の毛も白髪が混じり抜け毛が気になる。

三階にある狭い部屋に入ってくつろぐときも、テレビをつけて焼酎を飲んでいるだけだ。若い従業員達は、仲のいいメンバーと深夜まで、すすきの辺りで遊んでいるらしい。

小西は従業員達に誘われても、忘年会や会社主催の飲み会以外は、仕事関係者と出かけたりはしたくない。もっともカルチャー・ギャップともいうべき隔たりが存在し、忘年会などの二次会でカラオケに行っても、横文字の羅列された速いテンポの歌にはついていけそうになかった。

自然と静かな飲み屋に落ち着いてしまう。二十代の従業員達は小西の好きな店へ、最初のうちは何回かつき合いできていたが、その誘いにもだんだん縁遠くなってしまう。だからというわけでもないが、ひとりで呑みに行く方が好きだった。

休日は、十年以上昔から愛用しているウォークマンで、クラシックのモーツアルトを聞くことがパターンになっている。二十代の頃は旅行に行くこともあったのだが、北海道にきて以来、これといった思い出せるような旅行もしてはいない。

店の入り口近くの台で、頭に鉢巻をまいた作業員らしい男が玉を弾きながら独りブツブツとなにかを言っている。聞き取れないが、玉が出ていないのか顔はどこからみても不機嫌そうだ。その男は噛んでいたガムを床に吐き捨てた。入り口側のホール担当は若い新人の山崎。これまた不機嫌な顔で男の背中を通り過ぎ、他の客の間を抜け、反対側のシマへ行ってしまった。小西は横目で客の男を見ていた。その場で注意をするということもなく、少し離れた位置で、違う方向を見ているそぶりをした。男はこれ見よがしに、足を台にかけてブツブツと言い続けている。近くで打っている客達も気がついているようで、チラッと見る顔には明らかに嫌悪感をいだいている。若いホール係の山崎が箒と、ガム取りのスクレッパーを手にしながら戻ってきて男に声をかけた。

「お客さん困るんスよ、店でつばを吐いたり、ガムを捨てたりされちゃ」

男は睨みながら立ち上がり、若いホール係に対峙すると、

「ナニッ、オメーは何様のつもりなんだよ。ツマンネェーこと言ってんじゃねぇ。俺がこの台にどんだけ金を突っ込んでんのか、わかってんだろうな。サービスは悪い、玉は出ねぇで、最後は客に文句か」

それを見て小西は、直ぐに二人の間に入りニコニコ顔で、客が詰め寄ろうとしている山崎との間に、

体を斜めに入れて頭を下げた。

「申し訳ありません。まだ入店したばかりの者でして、たまたま気がついたことを言っただけなんでしょう。気になさらずに、お遊び下さい」

客の方を向き、後ろ手で山崎にあっちへ行けと指示をしながら、小西はニコニコとしたまま、頭を下げた。あとは相手の出方次第で小西にも考えはある。しかし、性急過ぎる態度は、周りで見ているお客さん達へよい印象は与えないだろう。

すぐ近くの席で、パチンコ台に顔を向けながら打っていた男が声をかけてきた。

「お兄さん、なんかその人頭を下げてんだから許してやれば。きっと今日はついてないんだよ。俺もダメだ」

立ち上がっていた男は小西に一瞥をくれ、声をかけた男の方を見る。周りが自分を見ているのに気後れしたのか、それでも納得ができない様子で、

「……ッタクよ、ふざけるんじゃないってんだ。なんだこの店は、バカな店員しかいやがらねえし、玉は出ねえし、札幌で最悪の店じゃねえのか」

男は席に座ると、皿の上に残っていた玉を打ち始めた。顔は盤面を見ているが、足はガタガタと貧乏ゆすりをしている。上皿に残った玉を打ち終わると立ち上がり、椅子近くの台下を蹴っ飛ばして出て行った。

小西は男が打ち終わるまで、なにも言わずニコニコ顔でシマの出入り口近くに立ち、他を見ている

フリをしながら動かなかった。遠くのシマの陰から、ホール係の山崎がチラチラこちらを見ている。あい変らず小西の後ろ手は、あっちに行ってろという指示をしている。

男が店を出て行き、横断歩道を渡るまで目でガラス越しに姿を追いかけ、完全に姿が消えたことを確かめると、山崎をスタッフ・オンリーのドア裏へ呼んだ。小西の後ろからついてくる若い従業員はまだふてくされた態度だ。

「山崎。気持ちはわかるが、さっきみたいなときは、他のお客さん達に迷惑をかけていない限り、直ぐに声をかけないでもう少し様子を見たほうがいい。そして声をかけるときは、必ず頭を下げながら下手下手に話し始めるんだ。まして怖い顔をして、箒を持ったまま声をかけちゃダメ。君が仕事を一生懸命やっているのはわかっているから、これからも頑張って」

山崎は、「はい」「すみません」と口では言っているのだが態度からは、けして納得していない。しかし店内で大事になる前、その芽を摘み取っておかなければならない。

「それと、仕事に戻ってシマを見ている間、入り口から来る入店客の方も、今日は注意して見ていて。まー、どうっていうことはないけど、さっきの客が現れたら直ぐに、イヤホンマイクで私に知らせて。今日だけでいいから」

小西は過去の経験から、ちょっとした行き違いがあった場合、その日に再来店した客が、再び揉めごとを起こす確率が高いのを知っていた。この注意を、今のことを見ていた他のホール係にも伝えた。

ふーん。あいつは、主任かマネージャーだろうな。さっきのバカな客のさばき方を見ても、随分と場馴れしているようだし、あのままあのバカが、ちょっとでも手を出そうものならこいつの方が上手だろう。疲れたジジイってだけじゃねえな。まっ、それがわかっただけでも収穫か。しかし、それにしてもこの台は出ねえナ。

店内を巡回していた小西は、客の呼び出しランプに気づき、二箱出し遊戯を終了した客の出玉を計数機へと運ぶ。現在パチンコ店では、お客が出した玉を店員が計数機に運ぶことがサービスと不正防止のためにおこなわれている。計数機近くで、先ほどもめたときに助け舟を出してくれた男が打っていて目が合った。頭を下げ先程の件は話さず、

「どうです？　出ていますか、頑張ってください。パチンコは粘りと根性ですから」

「ううん、今日はきっと日が悪いんだろうな。この機種は好きで打ってんだけど、違う機種に変更だ。それでダメだったら、また来るよ」

「ありがとうございます。近い内に新装開店しますから出しますよ。ポンポンと箱を積んで下さい。これからもよろしくお願いしますね」

小西は、店内放送用のセリフで、その客に一言だけ接した。従業員には客と必要以上の会話をしないようにとの規則があったが、小西は立場上それほど気にはしていなかった。店内を一周してくると出なかったのだろう、その男の姿は消えていた。

夕方五時過ぎ、午前九時のオープン前から入っていた早番のホール係達は、二階のロッカールームで着替える。午後四時から勤務につく遅番の従業員は、既に店内で仕事をしていた。昼、客と揉めた二十歳過ぎの茶髪にした若者、山崎は不満そうに同じホール係の武本と私服に着替えていた。

「昼のアホ客、おまえ見てただろー。あんな奴は、店の規則違反だって、強制的に追い出しちゃえばいいんだよ。主任はビビッてなんにも言えねえからな。甘すぎるんだよ。こっちは、わざわざ床掃除してやろうと、親切に道具を持っていっているのに。ふざけやがって、頭くんよ。武（タケ）もそう思うだろ、なにかっていうと、主任が顔出してうまくまとめようとしやがって、主任にも、客にも舐められっぱなしだよ」

「ほら、主任は客にいい顔さえできれば俺らなんて関係ないんじゃネェ。さっきの奴が、すすきの辺りでウロウロしていたらボコボコにしてやるよ。こっちが、うまく被害者になりながらな。ああいうバカ主任を、内弁慶とかいうんだろ、きっと自分じゃ、なんにもできゃしねえのに。わかってねえよ主任も。俺らと同じくらいの歳でも、毎日遊びまわっている奴らもいるっていうのによ。こっちは真面目に仕事して、上からグズグズ言われるわ、遊ぶ暇も金もないんだから嫌になるよ。山ちゃん、このあと予定あんの？　なければ、すすきので安い店見つけたから行く？　気分、変わるぜ」

「おお、行くよ。ホントに安いんだろうな」

腕時計の針は、既に深夜〇時を回っている。

石黒は、すすきののウィンズ裏にあるカウンター・バー『ポセイドン』で空のグラスを見ていた。初老のバーテンは、石黒の前に置いてあるバーボンのボトルから溶けた氷の中へバーボンを注いだ。無口な男は石黒が新しい氷が好きじゃないのを知っている。

あまり自分から話さない石黒は、ポツンと飲むのが好きだった。客が入ってきてその客が話し好きとわかると、頃合を見て出て行く。あまり話しをしない客ならば、チロチロとグラスを舐めているのだが、今日は普段の石黒と違った印象をバーテンは受けた。店に入ってきてから飲むピッチが早い。暗い店内でカウンターの木目を見ながら、ときおり溜息すらついている。

「このところ、釣りの方はやっているんですか。先日お見えになったとき旭川へ出張で、渓流をやったとか」

「ん、ああ、旭川の出張はもう終わった。渓流釣りは、ハイキングと山歩きの延長のようなもんで、あの頃は夏だったから、川の上流へ竿を担いで登って行くのも面白かったよ。でも俺は、もともと海が専門なんだ。海なら車も釣り場の近くに置けるしな。そろそろ秋本番、デカイのが帰って来るな。まだちょっと早いけど、そろそろだろうな」

カランとドアに着いてるベルの音を鳴らし、石黒の知った顔が入ってきた。ヒロシだ。

「お疲れっす。このところ会ってませんでしたね。やっぱり、ここでしたか。近いうちに、昼食会があるんですが出席しますか？　先月も会費だけ払って休んだんすよね。たまには顔を出して下さいよ。いろんなデータもお知らせしたいし」

馴れ馴れしい奴だ。まだ三十にも手が届かないだろうヒロシに、石黒は自分の年を重ね合わせた。汚いジーパンを履きオープンシャツ姿のこの若者は、もしかしたら石黒よりも金を持っているかもしれない。それも自分で稼いだ金を。

石黒は考えた。確かに食事会の会費は高い。あえて気を使いながら食事をするよりは、会費だけ払っておけばいいと思っていたが、ときたま顔を出していないと、同業者と横のコミュニケーションがとれないハンデを背負うこともある。もっとも、月一回の食事代が十万という会費自体が、食事会の目的を物語ってはいるのだが。

「ああ、世話役の水口さんにも悪いから、次は出席させてもらうよ。あまり五十過ぎの俺がチョコチョコ顔出しても、みんなやりにくいんじゃないかと思ってね。よくこの店がわかったね」

「この前、言ってたじゃないすか。カラオケのない落ち着ける場所がこの辺にあるみたいなこと。たまには誘って下さいよ前みたいに。俺の方が誘いましょうか」

「そうだったかも知れないな。今度はキャバクラにでも連れてってくれよ。俺くらいの歳になると、知らない店へひとりで行くのは疲れるからな。たまにはこの店も利用してくれ。世話役の水口さんにもよろしく」

ヒロシには、この店の雰囲気じゃ時間も空間も、もたないだろうが――。

石黒は、腰を椅子からずらしながら若者に背を向けると、溶けた氷で薄まったバーボンを空にし、ヒロシが帰ってしばらくしてから店を出た。

データってまた、新機種か。次から次へと追いかけっこだな。だいたい俺のゴト（イカサマ）自体、お前らのゴトとはスタイルが違うだろうに。この頃は、体感機によるゴトができる機種も少ないらしいし、昔の一発台の磁石が懐かしいよ。店側の防犯システムもいきつくとこまで行ってるし、ヒロシ達のグループは仕事もやりづらくなってるんだろう。俺のゴトとは根本的に違うんだ。今日のパチンコ屋アライズも、さっきの奴が食えるかどうかがネックか。

石黒は札幌だけでなく、北海道の主要都市全体をカバーしてきたことから移動が激しい。その理由から、今は、手下として打ち子を使わないスタイルで通していた。打ち子を使うと、どうしても店からの抜きが激しくなる傾向がある。石黒は目立たない方法が一番だと考えていたし、それを実行もしていた。

今は市街地から少し離れた、国道沿いのパチンコ屋でゴトをしていた。しかし、その店が急に潰れてなくなってしまったり、内通している従業員から不正が発覚した場合のことを考え、次の店を探しておかなければならない。今、あたりをつけたアライズ店の小西をどのように攻めるか考えているところだ。

パチンコ屋というのは、いくら玉が出ないという悪評が立った店でも、必ず出る台というのが存在している。花台と呼ばれる最高設定の台を、集客力のために置くのだ。そして客の射幸心を煽り、投資金額を増やさせる。本来パチンコ台というものは、警察その他行政サイドからも規制が入り、一定の上限を設けて、その上限以上は出してはならないとされている。しかしパチンコ店側は、客が離れていかないようにと、中には店側が意図的に違法ロムを使用し、上限以上の玉やコインを出す。『あの店は凄く出る』との風評を流し、集客する店さえある。

その台のナンバーを教えてもらうだけでも、絶対的高確率で勝利が約束されている。その方法は、店側のパチンコ台やスロット台の設定をいじることのできる幹部店員と組むことである。

石黒は、北海道の主要な町を回っている。広く浅くゴトをすることが安定的と考え、ひとつのパチンコ屋だけで巣くうことは極力避けていた。札幌以外の町での楽しみは、ゴトを仕掛ける店近辺の、海釣りや渓流釣り。魚釣りは、基本的に人と話をしない静かな趣味だ。まして、食べて美味しい趣味でもある。

去年の冬。仕事で巣くっていた釧路のパチンコ屋のマネージャーは、出玉情報のやり取りミスからオーナーサイドにバレてクビになったらしい。俺の現地に用意した仮のアパートに、店の事務室からＦＡＸなんて送り続けりゃ、いつかはバレルってことぐらいわかるだろうに。その日その日の、看板台や最高に出る設定の花台ナンバーを教えるだけで、出玉の三割は口座に振り込んでやってたのに。

店から抜くといっても、一気に抜くようじゃ素人。それをあのマネージャーは自分の借金の支払いが忙しいために無理な抜き方をして、俺以外に直接打ち子を作って派手にやったものだからたまったものじゃない。最後はオーナーサイド知り合いの暴力団が出てきたらしい。店内で派手にやり、目をつけられた奴が連れ去られ、相当脅かされ全部吐いて自分もクビ。ドジな奴だ。こっちはアパートだって、架空名義だからなんの心配もない。置いてあるのはＦＡＸ用受信機だけだし、そこに寝泊りなんて考えたこともない。危険指数と危険予知が絶対に必要なんだ。だから俺のやり方は、ゴトで一日十万以上は抜かない。

まして、わざと出ない台で五千円もやって負けていることを、店員にアピールもしている。そうしなけりゃ長い稼ぎには繋がらない。

それにしても店の責任者クラスじゃなきゃ、出玉率の上げ下げの割り数は、知るわけがない。そいつが結果どんなバカでも、俺のゴトにつなぐために、抱きこむ初期投資は変わらない。仲よくなるまでが勝負だから金もかかる。どこに行ってゴトをするにしても釣りがしたくなるのは玉にキズか。

俺は、人間同士の繋がりで仕入れる情報の方が重要と考えている。機種データやハイテク機種での攻略を追いかけているヒロシ達若い奴らより、機種の新旧が関係ないだけ仕事は堅い。店の責任者クラスを巻き込めば、それで店内では心配なく動くことができる。まっ、しかし一番怖いのも人間だ。若い奴の仕事は、店員すべてを敵に回した個人プレーだから、俺とは基本的に違う。俺が一昔前、ヒロシにゴトの基本を教えていた頃から、感覚が違うのは気がついてはいたが、若者達だけで奴も一生懸命なんだろう。

三か月ほど前、昼食会で聞いた話で一番驚いたのは、パチスロ店で一日五十万近くのコインを抜いた奴の話だったが、店側も最後までわからなかったというし、店内でげらげら笑いながらやっていたっていうことだ。俺には信じられない感覚だ。

石黒の仕事の方法は、地味で目立たない金額を道具やハイテク機器に頼らず、永続的に抜き続けること。

この頃は仕事の仕方だけみても、年齢的なギャップを感じていた。先程までいたバーのマスターにしても、客として石黒は一般的なサラリーマン程度の認識だろう。なにも知らない他者には、それが理想だ。

パチンコもスロットも所詮は博打。

一昔前、時間つぶしに千円程度の時代は既に終わっている。現在は時間つぶしに店に入れば、余程運に恵まれていない限り財布潰しにあう。金銭感覚が三千円単位なのだから一万円あっても一時間はもたない。

博打は、どのような種類であっても勝ってはいけない。一度勝つと味をしめてしまう。ビギナーズラックを体験した人が、勝ち続けているなど聞いたことがない。

しかし、ギャンブルが人間の奥底を揺さぶり続けているのも事実。

誰にも言ったことはないが、石黒は無味乾燥な今の仕事で得られる金銭に、わだかまりを少し感じ始めていた。こんなことは今までなく、年齢のなせることなのか。世の中、金がすべてで問題解決の九十九パーセントは、金でかたがつくと思っていた。今のヒロシ達の若者グループは完全にそうだ。内なる感情はどうとでも、あとからついてくると考えている。しかしこのところ、今まで続けてきたゴトでの緊張感に少し疲れたのかもしれない。

鮭の大地

間口が小さな店だった。暖簾だけで看板はない。

入り口に紺の暖簾と盛り塩があり、その暖簾には名前だかよくわからないが、右下に『高井』と控え目に染め抜きがあった。営業中とかいう無粋なプラスチックの札はない。こじんまりとした店だ。

雑居ビルの一階で、十人も座ればいっぱいになってしまう狭さ。横長のカウンター席に沿って調理場があり、その中に、三十代位であろう髪をアップにまとめ、小さな扇子がところどころあしらわれている和服姿の女性がひとり、カウンターの内側から客の相手をしている。中央の席には、サラリーマン風の二人連れがビールを飲んでいる。小上がりとも呼べない壁際の席もあるが、少し太った人が座ればそれでいっぱいになってしまうだろう。少し広い手荷物置き場といったところだ。

カウンターの上には、和紙に毛筆でお品書きと書かれている。その他なにもないところを見ると、仕入れによってお品書きはそのつど変更するようだ。

この店で印象的なのは若い女将さんの姿だが、特に美人でも不美人でもない。しかし、この頃珍しい着物を粋に着こなし、上から割烹着を着ていた。こんなにきちんとした着物姿ならば、割烹着で隠してしまうようなことをしなくても、と思うのだが。

石黒は、カウンターの入り口側の席に座ってビールを頼む。ビールと共に出て来た小鉢の中身はイカの煮物。一口食べて、化学調味料を一切使っていない上品な味だとわかる。

　カウンター越しに見えている調理台の上には、丸のままの大きいタラが横になっている。タラは沖に船を出さなければ釣りとしては狙えない。この魚を釣った経験はないがタラは獲ったらすぐ新鮮なうちに食べるのが最高という。四、五日過ぎると味が極端に落ちる魚だ。タラの乗る俎板も綺麗で、しっとりと濡れている。女将さんの後ろにある作りつけの棚の中には、有田焼や備前焼きという、美と実用に重点を置いた器が整理されてある。板場というか、調理場というか、一目見て綺麗で清潔である。他の従業員がいることもなさそうで、どうやらひとり女将さんが、切り盛りをしているのだろう。石黒にすすんで話しかけるでもなく、ビールを置くとき、

「いらっしゃいませ、初めてですね。ご注文はこのお品書きに書いてありますので、見てください」

と簡単に言って、カウンターの中に入ってしまった。中央に座る客とも距離をとりながら、石黒からの注文を待っているようだ。時間的にもまだ六時、混む前なのかもしれない。

　奴は、いい趣味してるじゃないか。こんなところで飲んでいるなんて。

静かに飲むなら、俺もこんな感じが好みだな。仰々しい料亭や割烹のお座敷などより、小さくて気が利いている。

　店の入り口や店内が、しっとりとして騒々しくないのも気に入った。あとは料理だが、店の中を見る限り、予想できるのは板前がひとりいるか、もしくは女将自ら調理をするかだろうが、期待はできそうだ。

値段も高くない。居酒屋に近い値段設定だろう。今日は顔出しして、雰囲気さえわかればいいと思っていたんだが、少し飲みたくなってきた。

「女将さんすみません、そのタラはどうするんですか」

「はい。これはどうしましょう。切り身にしてお味噌を薄く延ばしてから焼いてもいいんですけど、今日は鮮度がいいので、薄作りにしてシャブシャブ小鍋仕立て、なんかいかがですか。ポン酢でさっぱりとお出ししますよ。お客様が、特にこんな感じがいいとおっしゃって頂ければ、なるべくお客様の召しあがりたい感じに近づけますけど。ただし味は特別上等ってほどのことはありませんから、それほどの期待はしないで下さいね」

嫌味のない言葉でサラッと話すのも好印象だった。

「じゃ、そのシャブシャブ仕立てで、一人前つくってもらえますか」

微笑んだままの女将は、多くは語らずタラを捌き始める。腹下へ包丁を合わせ処理すると、慣れた手さばきで三枚に下ろし、薄作りに切っていく。土鍋に小さな昆布と水を入れ、ガス代に置く。有田焼の、まな板皿に形よく盛りつけると、ひとり用の小さなコンロを石黒の前に置き、下から火をつけた。

「お待ちどうさま。小鍋の中は温まっていますから、沸騰しない程度に調節してください。タラを中に入れて、フワっとしたら召し上がりどきです。紅葉おろしとあさつきの薬味はこちらです」

カウンター越しに調理の流れを見て理解した。この女将が、この店の料理を作っているのだ。流れるような調理の動作を、いかに慣れているとはいえ素人ではできない。まして、調理の仕方を、客にリクエストさせることはあまりしないだろう。

料理を作り、皿を選び、盛りつけ、客の卓前をセットして説明しながら微笑みかけ、これらを同時に、自然の流れで違和感なくするのは年季がいる仕事だ。年季と言ってもこの女将は、どう見ても三十代だろう。

石黒は少し興味が湧いた。カウンターでビールを飲んでいる横の二人の客は、石黒のタラを目にすると、自分達にも同じものをと注文する。全体に目が行き届いているのだろう。今、客は自分を入れて三人だが、すべての席が埋まったら、目の回るような忙しさになるのだろうと思いながら、タラのシャブシャブを口に運ぶ。

石黒は少しだけ、意地悪をしたくなった。

「このタラを少し薄めに切って幽庵焼きと、その同じ皿の上に、お品書きにある沢蟹の素揚げを一緒に盛ってもらいたいな。私、好きなんですよね。いいですか」

女将さんはニコッと微笑みながら、隣のカウンター席の注文と、ほんの少し遅れで石黒の注文した料理を出してきた。黙って見させてもらった。目の前でやっていたのだが、スッスッと、まな板の上で手が動いている。

隣の客のシャブシャブを切り終えると同時に、背中を向けてシャーという素揚げの音が聞こえてきた。隣の客に小鍋仕立てをセットし終えると、カウンターの中で背中を向け、石黒の皿に料理を盛りつける。隣の客に小鍋仕立ての説明をして、石黒の皿の上に大根を、かつらむきして、けんを作り、つまを乗せて、綺麗なあしらいをサッと仕上げた。素揚げは香ばしく、幽庵焼きも焦げていない。薄く切った身に幽庵地を乗せて焼くと、味醂が入っているため、気をつけていないと焦げやすいのだ。あしらいの脇には、梅酢に浸したタラの刺身が綺麗な花形で少し添えてある。皿を運んできたときにこの刺身はサービスですから味を見てくださいと、つけ加えるのも忘れない。

そのすべてが、美味かった。

ここ数年、石黒は食事でも酒でも落ち着いた美味さというものを感じたことがない。グルメと呼ばれるような奴と一緒に、美味いものを食ったことは何度もある。しかし、仕事がらみや、自分の腕をことさら自慢する料理人の料理には、高い金を払ってすら、栄養補給としての生命維持活動の延長線じゃないかと、食事終了までのプロセスを流して見ていたのがここ数年だ。

一本目のビールを飲んだあと、注文した飯と味噌汁の美味さに、ガツガツと食べてしまう自分がいた。その後、焼酎の水割りを一杯飲み、満足して店を出た。

今日は、ゆっくり寝ようと満ち足りた気分で自宅のある、すすきの方面へ歩く。石黒が店を出る頃は、八人くらいに店の中は膨らんできていたが、アルバイトや他の店員がいる風情はない。流れるような仕事は変わらず、仕事をしている女将さんを見ていると、なにか羨ましくも、嬉しくもなってきた。

それにしても、あいつは今頃仕事か。まっ、何回か通って『高井』に場馴れした頃きっと会うだろう。あの店なら、そんなに高い値段じゃないから、パチンコ屋の給料でも飲めるだろうし。しかし気分のよい店に行っているじゃないか。明日は奴の店にでも顔を出して、俺の姿だけでも今後のためにアピールしておくか。

しばらく気分よく歩いていた石黒に、ビルとビルの間から急に見知らぬ男がぶつかってきた。ビルの隅にはもうひとりいるようだ。意図的らしくニヤニヤと笑っている。

「この酔っ払いのクソジジイ、邪魔なんだよ。こっち来いよ」

今までの気分は消し飛んだ。

「小僧、オヤジ狩りの相手を間違えているみたいだな」

石黒は、そう言うとおもいっきり顔面に右の拳を突き出した。茶髪の、まだ若いそいつは「ウッ」と言ってしゃがみこんだが、手で押さえていた顔をさらに蹴り上げる。近くで見ていたもうひとりはその場からスグに逃げ出す。鼻血が噴き出している顔を更に滅多打ちに靴で踏みつける。男は、逃げようともがくだけだ。「すみません、すみません」と声が聞こえてから石黒はその場を離れた。

荒れた生活を送っている石黒は、やられる前にやっちまえと常に考えていた。その緊張感がなければ人にスグ追い落とされる。それが心理戦や暴力でも、引いた瞬間からなめられることに繋がるからだ。

「こんばんは、いいかな」

「どうぞ、まだ大丈夫よ。お品書きの品切れが多くて、あんまりいいネタ残っていないけど。お店の方は終わったの」

小西はひとりで飲みたいとき、きまってこの店の暖簾をくぐった。

アライズの閉店時間は十時。その後、片づけや集計を出してから店を出ると、午前〇時近くになってしまう。小料理屋の女将さんが店を閉めるには、まだ二時間ほどあった。

夕方から深夜までやっているようだが、午前〇時を過ぎ、あまりにも暇なようだと閉めてしまうらしい。どこでも小さな店は、客次第ということなのだろう。ここは小西が座れば、なにも言わなくても冷えたビールが目の前に出てきて嬉しい。今日の女将さんの姿は、薄い黄色で古い帆船が、ところどころ小さく染め抜かれている着物姿だ。

一口目のビールを咽喉に流し込むと、やっとその日の仕事が終わったような気がする。この店に通い始めて三年。最初に来たのは、店のお客さんの紹介だった。小西がすすきので歩いていたときに連れて来られたのが始まりだった。

アライズによくきていたその客は、年配の女性で気風のよい感じの看護師さんだった。病院勤務の休みのたびに、アライズにきてパチンコをするのだが、お世辞にもうまいとはいえなかった。来れば負けるといった感じ。たまに勝つと満面の笑みで、小西にも自慢するようなあけっぴろげな感じで嫌味がない。

小西としては、店外で客と会うのはあまり好ましいと思っていなかったのだが、酒と肴が美味い店に連れて行くと、なかば強引に連れてこられたのがこの店だった。それからは小西本人が、気に入り通い詰めである。

ここを紹介してくれた女性は、女将さんと親しいらしく、自分が客であるにもかかわらず客にビールを持っていったり、お運びさんのような手伝いまでしてた。女将さんは他の人の場合は笑っていつも断っているのだが、この女性に対してだけはなんにも言わなかった。むしろ、そのときだけは頭を下に向け、料理に全神経を傾けていられる風情すらあった。

あとからわかったことだが、数年前に体調を崩し札幌の病院に女将さんが入院したときに、担当看護士として面倒を見てくれたことが最初らしい。

小西はそれ以来、安くて美味い酒と肴を提供してくれるこの店が、唯一の息抜きの場所となった。和風の雰囲気の中で物腰の柔らかい女将さんも気に入っていた。それは淡い感情や飲み屋特有の愛想というのじゃない。家族的な温もりのようなものを感じていたのだ。

「そうそう、小西さん、今日はあるわよ、塩水ウニ。出そうか」

「それ、お願い。北海道の最初の味なんだよね、それ。こっちへきていろいろと食べて、キンキやホッケ、アスパラ、なんでも美味いんだけど、そのウニだけは感動したからね」

「まだ、そんなに飲んでいないうちから、この前と同じ話をしないでね。酔うと小西さん、必ずそれを言うわよね」

仕方がなかった。小西が東京で美味いと言って食べていたウニと、北海道のウニとの差は雲泥の差があったのだ。

最初札幌で食べたときは、ガラス小鉢の水に浸っているウニだった。『なんだこれ』という程度。

ガラスの小鉢にスプーンがついてきて、これで食べるのかとたいして考えもしなかった。しかし海水から揚げたばかりの、しかも今、殻から出したもの。これが本当のウニの味なのかと衝撃すら受けた。

感動どころではない、今まで食べてきたウニは、いったいなんだったのだろうとさえ思ったのだから。塩水と一緒に口に入れたウニは、それ自体の甘みが倍化しているようで、目の前に海が広がるような姿まで、ほうふつとさせた。札幌にきて何日も経たなかった頃だったのだが、そのひとつでこの北の町に魅せられたのも事実だった。

小西が店に入って二本目のビールをあけた頃、ひとりの客が入ってきた。慣れている風情で常連か、

「いつものビールと、魚の煮つけでもあると嬉しいんだけどな」

小西には顔を向けず、カウンターに座って女将さんにオーダーをする。女将さんの方も顔見知りの客の扱いをしている。店の中は、カウンター奥の席で飲んでいる男が二人いるだけだった。小西が注文をするのと同じくらいのタイミングで、会計を済まして出て行った。午前〇時過ぎに入ってきた客は二人だけ。

「あの、どこかで見たことがあるような気がするんですけど、人違いかな」

カウンター越しに石黒の座っている席へ、前から手を出してビールを置きながら女将さんが、

「ああ、こちらのお客さんはこの近くで働いている方だから、どこかで会ったのかもしれませんね」

小西は男の顔を見たが、直ぐに思い出せなかった。

しかし、小西にもなんとなく見覚えがあるような気はした。出歩くことのない小西は、会うとすれば

アライズの可能性が大きい。

しばらく考え、思い出した。二週間ほど前、店で従業員と客が揉めそうになったときに助け舟を出してくれた男だ。その後も、店で何回か玉を打っている姿を見た覚えもある。そのことを小西は話すと、男も思い出したように相鎚を打った。男は石黒と名乗り、気さくな感じだ。

石黒は、少し近くに席を移動した。小西と間隔をひとつ空けた席に座り直し、挨拶をしたあと、またビールを飲み始めた。軽い会話はするが、必要以上にビールを注いだり、奢るような真似はしない。むしろ席が近くなっただけで世間話は最初の挨拶の延長程度だ。石黒が唐突に下を向いたまま、誰に言っているのかわからないが、

「もうすぐアキアジが帰ってくるんですが、釣りなんかはしないんですか」

小西と女将さんは、自分に尋ねられているのか迷いながら、女将さんが答えた。

「私、したことないですね。釣りでしょ。アキアジ、もし釣れたら捌いてあげますよ。自分で食材を手に入れることはしませんね。小西さんは」

「私も釣りは、したことがないな。アキアジって鮭でしょ。テレビや新聞で拝見するくらいで、食べる専門ですね」

時間的に店も閉める頃合だろうと石黒は女将さんに、「なにか飲みませんか」と尋ね、売り上げ協力と、ふざけながら日本酒をカウンターの上に置いて飲んでもらった。

以前から、店を閉める前に女将さんが日本酒を飲んでいるのは知っていた。客の石黒が、日本酒を

頼めば当然出してくれる。それをそのまま女将さんに渡したのだ。小西も、「よく知っているんですね」と笑っている。店の中の雰囲気はよかった。

「子供の頃、海のそばで育ちまして、釣りが唯一の趣味なんですよ。これからの時期はアキアジときめてます。小西さん、趣味はどのような」

「いや、趣味という高尚なものはないですね。毎日を平穏無事に送ることだけできれば、それでいいと思っていますよ。この店で息抜きをさせてもらって、美味い肴でもあれば充分かな」

石黒は、自分のポケットに折りたたんだ今週の釣り新聞を出し、今年は偶数年ということで、回帰が多いそうだという見出しのある新聞を見せた。その新聞を石黒はことさら、無邪気な釣り好きをアピールするかのように説明し出した。

説明の前にちゃんと、「つまらないかも知れませんが」と言葉を、間に挟みながらうまく説明をしていく。カウンターの向こうと横に座る二人は、石黒の話を聞くともなしに飲みながら耳を傾けた。

「私は出張で、道内の各地を車で移動することが多いんですが、七月の下旬頃は、襟裳岬近くの海に例年行くんですよ。その隣町の広尾町にある楽古川の河口で、その時期はカラフトマスを狙って竿を出すんです。出張用の車のトランクには、釣り道具一式が常備してありますからね。その場所はルアー釣りだと、根掛かりが多くて、仕掛けを引っ掛けて失くすことがときたまあるから、難しい釣り場所なんです。カラフトマスを狙っていると沖の方で、パシャって、魚がはねるときがありまして、そんなときはドキッとしますよ。それで魚がハリに掛かってラインを引っ張り、リールからジージーって糸が出るときに、竿から伝わってくる感覚が違うことがあるんです。取り込んでみると、七月の下旬にもかかわらず、七十センチ位のサケが交じることが数年に一回位はあります」

「へえ、狙っているのとは、違う魚が来るんですね」

「ええ、道内の岸から釣れるポピュラーな魚では、七月の半ば過ぎてからカラフトマス、そして秋までの間はサケと、楽しい大型魚が続くんです。だからサケが一本でも早い時期に上がるとビックリしますよ。普通サケ釣りの季節は、北から始まるんですから。ああ、もう来たんだな、と。これから始まるサケ釣りでワクワクしてきますね。テレビなどでよく見る、ほら、遡上するサケはシロサケっていうんです。オスは鼻曲がりとも言って釣り人はあまり喜びません、卵を持っていないでしょ」

カウンターの片づけが一段落したのか、女将さんが二人の前に腰掛けて、ぐい呑みに手酌で酒を傾け、

「そうねえ。私もサケっていえば、スジコ・イクラが、頭の中で直結しますものね。身の方もいろんな美味しい食べ方は、あるんですけどね」

「サケ釣りって、餌をつけた『ぶっ込み釣り』が多いんですけど、道内でも釣る場所によっていろいろと変わってくるんです。サケ釣り最盛期によく見かける湾内での釣り方だと、餌をつけて、沢山の竿を用意して岸壁の真下に垂らすやり方かな。でも早い時期だと、岸壁や海岸近くに寄ってくることがまだまだ少ないんです。私の場合は、目の前の海を広く探るためにウキをつけた投げ釣りをするんですよ。あっ、そうそう、根室近くの海岸では遠浅になっていて、遠投力が必要な場所もあります。夏場のサケは秋と違って針に掛かると暴れますから、引きの手応えは凄いです。サケ釣りは、だいた

い道東あたりからスタートして道北、道央に広がって最後は全道で上がり、お祭りみたいに、あっちでもこっちでも釣れた声が聞けるんです。ま、これは釣り新聞を見ていると伝わってくるんですけどね。サケは、釣り上げるときに波打ち際で上げるあたりで、暴れることが多いんですよ。フックつきのタコベイトの下にサンマの切り身を短冊形にしてつけるんです。アタリは最初竿先がコツコツしてくるから、チョット強めに合わせて針掛かりさせるんです。引き味はあるんだけど、緊張するのは近くに引いてきてから。上げる寸前、ばらさないようにするのが勝負かな」

「好きな人は、それがたまらないんでしょうね」

「そうですね。八月下旬頃は最初のサケが来ると、最初といっても小さな群れなんです。それから、九月下旬頃にだんだんデカイ群れの本隊が、日を追うごとにやってくるんです。そして遡上する川の河口を回遊し始めます。回遊といっても真水に慣れるために河口付近を泳いでいるんですよ」

興味が出てきたのか、小西が口を挟む、

「すぐに、川を登るわけじゃないんですか」

「ええ、遡上はすぐにしません。真水に体を慣らしているんでしょうね。見ているとそいつら体をもじったり、跳ねる奴がいたり、そうなると餌を獲る活性が高くなって釣るチャンスなんです。でも、サケが川を遡ってしまったらもう釣り人はなにもできません。川で釣ると北海道は密漁になってしまうんですよ。ですから河口で海を向いて竿を出します。実際現場で竿を出していて、釣りをしながら大きな群れがいるなとわかると、内心、今日は爆釣だぞとドキドキしますよ。そんなときは絶対的に魚影は濃い。濃いんですけど、しかし、いくら仕掛けを変えたり餌を代えても、全然、喰いが立たないときもあるんです。周りの人を見回してみていても二、三十人いる釣り人のうち一本か二本しか上がらない」

「周りの人を見るだけで、わかるものですか」

「わかりますよ。だって同じ方向に向いて遠い近いはありますが、竿がシナってサケとやり取りすればその人だけが、人と違って、凄く動くことになりますからわかるんですよ。でもね、そんな釣れない日もあれば、サケ本隊の最盛期に岸壁や河口に押し寄せてくる奴らが口を使い始めると、どこに投げようが、ルアーだろうが、餌だろうが、関係なくポンポンと上がるんです。遡上したら餌を獲らないと言われていますから、目の前でチラチラと動く美味そうな餌を最後に食べるのかもしれませんね。そしてひとりで一日、十本なんてこともあるんですから不思議なものですよ。でも、その頃になると道内でも釣る場所によりますが、河口付近で漁協が網を入れるんです。もちろんめったやたらに入れるのではなくて、きちんと予定にもとづいて網を入れるんですが、大きい群れが近づいたときの願いは、一日でも漁協の網入れが遅れてくれないかと思ってね。遅れれば釣り人として、最高に嬉しいことですが。なかなかうまくいきません。漁協は生業でやっているわけですしね。私は、出張先で釣りをする場合、予定地近郊の漁協に、事前に電話で聞くことさえありますからね。教えてくれる漁協もあればダメな漁協もあって、そこら辺はいろいろです。こっちは網じゃなくて釣竿だから、少しでも確率のいい釣がしたいじゃないですか」

話を聞いていた小西が、空のグラスを持ち上げて、

「石黒さんの話を聞いていたら魚が食べたくなってきたなー。女将さん、なんか焼いて下さい。あっ、煮てもいいですよ。ビールも一本ね。それと今度は、私が日本酒一本出しますから女将さん、飲んで」

女将さんは、カウンターの中に置いてある、客と同じ高さになる椅子に腰掛けていた。ひょいと降りると、冷蔵庫から魚の切り身をまな板の上に乗せる。

「そう、じゃこれでいいでしょ。二人から一本ずつお酒をもらっちゃったし、店も終わりだから、サービスでブリの照り焼きを焼いてあげますね。今日は大判振る舞いだよ。石黒さん、サケはなんの餌で釣るの」

「タコベイトのフックの部分には、わかるかな。時代劇に出てくる江戸の火消しの纏いのような形をしている十センチくらいの嘘の餌。その纏いの真下のところに、フックとして、針がついているんですよ。その針にサンマやソーダカツオ、紅イカといってイカを赤くした短冊形のものも使いますが、餌もちのいい方か、そのとき安いものを使います。安いものと思って、餌をスーパーなんかに買いに行くんですが、ついつい欲が出て、あれもこれも買って、道端でナイフで切って、餌用タッパーに詰め込んでる自分がいるんですよ。人が見たら変ですよね」

「石黒さんせめて、道端はやめた方がいいんじゃない」

ニコニコと笑いながら、楽しそうに石黒は続ける、

「ええ、ええ。道端といっても道路わきにスペースのある場所で作業しますが。ほら私、出張先なも

のですから。それでも昔と比べたら仕事も釣りも楽になりました。ここ十年くらい携帯電話が普及して、私の仕事も、釣りのときは電話で済ませることが多くなりましてね。誰も知りませんから黙っていて下さいね。餌は場所や状況によって、ウキルアーを使うこともあります。そのときの基本は、ゆっくりとスローで巻くんです。餌釣りでは、四メートルほどの長さの竿で、タナといって水深は、四十センチから五十センチ位に餌があるようにします。サケも岸辺に来たばかりの時期だと、銀ピカっていって体が銀色なんです。少し経つと婚姻色が出てきて、ブナといって体色に黄色の縞が入ってくるんです。こうなるとスレといって、体のどこかに針が引っかかって釣れることが多くなりますね。もちろん食べるなら銀ピカが絶対、美味いです」

「石黒さん。私、札幌の中央市場に知り合いがいて、店の仕入れによく行くんですけど、少しくらいは、そのブナでも大丈夫なんでしょう」

「市場にあるものは、そんなにブナが強く出ているものはないんじゃないかな。あっても薄っすら程度だから大丈夫ですよ。ただ釣り人は好みませんね。食べ慣れているからなのか、銀ピカを一番と言います。サケの群れの本体が来るのは、例年九月の半ば以降ですが、水温が高いうちはダメなんです。必然的に気温が下がり始めると、必ず釣果は上向くんです。ほら、地球温暖化なんてこの頃騒いでいるじゃないですか、そこら辺がどのように影響するかも、ここ数年の関心事ですね。天候の話をすると、釣り人の間ではシケ（海が荒れる）のあとが狙い目とよくいいます。ところがシケの前もいいようなんですよ。なぜか気圧の関係もあるらしくて、急速に気圧が下がると察知するんでしょう。河口近辺から、遠ざかってしまうんですよ。私の個人的な意見なんですが、きっとシケを予測すると餌を食いだめして、少し深場に潜っちゃうんじゃないでしょうかね。だからシケのあとは、腹が減っていて河口や岸壁近くで、釣れる数が上がるんでしょう。これを逆に考えて、狙いは高気圧が移動し低気圧の接近時がいいですよ。それと外海が少し荒れていると感じたときは、湾内に入り込んで非難しているサケの群れもいて、そんなときはポンポンと上がる場合もあります。河口部では川が増水していたり、川から濁りが払い出しているような状況では、一気にだめですね。あと雨は嫌います。昨日まで調子のよかった釣り場が、雨降りでアウトになるなんてざらですよ。いい状況で、サケが河口周辺に集まっているのは朝方です。だから、さっき説明したウキルアーがいいかもしれません。沖に行ってしまったと感じたらタコベイト投げか、ぶっ込みですね。足場が砂浜で、サケが食ってきたときは、左右に走るサケを多少強引に引き寄せながら、打ち寄せて来る波に乗せて砂浜に上げるんです」

最初淡々と話していた石黒は、のってきたのか、楽しくて仕方がないような口調で、二人を見ながら話し続ける

「だいたいサケ釣りのことがわかってきたっしょ。でも釣り場に行くと嫌なことも沢山ありますよ。ゴミなどは常識的に、誰でも目をしかめますが――。港や海岸でもそうなんですが、釣り方で垂らしや、ぶっ込みで、竿をひとりで何本も乱立させている人がいるんです。あれは私としては、チョット考えさせられてしまいますね。もう少し竿数を減らしてもらわないと、他の人が釣るスペースがなくなって釣りができなくなってしまうんです。私ならそうですねえ、ひとりで多くても三本から四本が

いっぱいだと思いますよ。小西さん、女将さんに捌いてもらいましょうよ、サケ。二人で行って釣ってきませんか。お休みはあるんでしょ。そいつを肴に飲むのも、面白い趣向じゃないですか。竿やリール、餌なんかは、私が余分に持っていますから長靴を履いて来てくれるだけで大丈夫。もしかしたら、釣が趣味になるかもしれませんよ。せっかく北海道に住んでいるんですし、札幌からなら一時間半か二時間位で着きます。一度くらい経験してみるのもどうですか。漁師になって生計を立てるわけじゃありませんしね」

女将さんも、日本酒を傾けながら、

「ま、釣れたらの話だけど、もしも釣れたら店に電話くれれば、ちょっと早めに店あけてチャンチャン焼きに捌いて、一杯やりましょうか」

石黒は内心、小西が釣行を決断するための、ナイス・サポートと心の中で手を叩いて喜んだ。しかし、けして無理強いはしない。あくまでも二人でたまたま、レジャーに行くんだという雰囲気作りだけに重点を置いた。

「そうですね。石黒さんに任せて一回、サケ釣りやってみましょうか。ホントになんにも知らないんですよ、大丈夫ですか。今度の休みは来週になりますが、いいんですかね」

「丁度いい時期でしょう。この釣り新聞にも、サケはこれからって書いてありますから、あとは来週の海水温だけでしょう。海沿いを車で走ったり、海を眺めながらボーッとするのも悪くないですよ」

ブリの照り焼きも食べ終わり、午前二時を回ったところで、石黒と小西は払いを済ませ店の前で別れた。

石黒は、小西と別れてからホッと溜息をついた。なんだか今日は、普段になく熱く語っちまったな。店の雰囲気と、真剣に聞いてくれる人がいたから、気分よくしゃべっちまった。変に楽しかった。ヒロシに頼んで、小西のあとをつけさせてこの店を調べさせて正解だった。

まー、明日に繋がる第一段階は成功だな。


車は、アライズ前の交差点を左折すると、まだ薄暗い歩道に長靴を履いた小西が、ひとり立っていた。約束の時間には、まだ充分あるがきっと几帳面な性格なのだろう。

アスファルトと歩道の段差ぎりぎりに、石黒はワンボックスカーを寄せると、今までつけていた黄色のフォグランプのスイッチを切る。自宅を出るときは薄暗い空だったが、五時半には日の出の時刻だ。まだ北の大地に、厳しい寒さはやってきていない。

帽子を被り、ベージュのベストを着た小西が、それと気づいたのか車に向かって歩いてくる。手には釣竿のロッドケースを下げていた。膝まである長靴姿を見ると、今日初めて釣りに行く人とは思えないベテランの姿だ。

石黒が運転席にいるのを見て、頭を軽く下げ車へ近寄ってきた。帽子の下の顔は、ニコニコと微笑んでいる。石黒は車を停めるとハザードランプを点滅させ、サイドブレーキを引き、運転席から車外に出た。

「おはようございます。どうしたんですか、ロッドケースなんか下げて。実は経験があったんじゃないですか？　どこから見てもベテラン釣師ですよ」

「いや、お恥ずかしい。昨日、昼の休憩時間で釣具屋に行ってきたんですが、いろいろとあるんですね。親切に店員が説明しながら、装備を教えてくれるものですから、カッコだけはそれらしくと思ったんですよ。この竿はサケ釣りに行くと行ったら割安のものをね。店頭のサービス品らしいんですが、ないよりはいいかと、リールとセットで」

「やる気満々ですね。あとで小西さんのリールと竿を見て仕掛けを作りますから、車の後ろに置いて下さい。置けるところなら、どこでもいいですから」

車のサイドドアをスライドさせ、後ろのドアも上に押しあげた。ワンボックスカーの運転席の、後部座席一列だけはあるものの、その後ろに本来あるであろう座席は取り外されている。一列だけあるシートすら前にいっぱい移動しており、大人が後ろに座ると足を伸ばせる状態じゃない。車の半分以上も、釣り道具が整然と並ぶ専門使用なのだ。

このトヨタハイエース・ロングキャンピングには、テレビ・ビデオ・冷蔵庫・カーナビが純正で取りつけてあり、車内からサンルーフとムーンルーフで開放的な感じ。タイヤもインチアップされたアルミタイヤでお洒落だ。

車内後部の両サイドには、工具箱のような引き出しが、左右に四十ほど取りつけてあった。床には大型のアイスボックスと長靴。腰まであるゴム製らしいウエイダーはハンガーで吊ってある。

天井は、自分で作りつけたのであろう、薄い五センチほどの鉄板が、車の中心を挟んで四本渡してあった。その薄い鉄板には、縦に竿が二十本ほど固定されている。リールはというと、固定されている端の竿が、やはり自分で作ったと思われる太い竿一本に、リールを固定する器具が取りつけられて、一本の竿にリールの果物が木になるように直線で並んでいる。動く釣具屋のような車だ。

「凄いですね。先日お話を聞いていて釣りに詳しいと思いましたが、この車を見たら入れ込み方が、半端じゃないって納得ですよ」

小西は、石黒の車をしきりに関心しながら見回している。

リアガラスには、魚のステッカーが何十枚と張ってあるし、よく見ると床の大型アイスボックスの横には長い作りつけの箱があり、中にはまだ竿が入っているようだった。腰に巻くポシェットも二、三置いてあるし、リアのサイドガラスにはジャージやジャンパーのような簡単な着替えも下がっていた。運転席の後ろには、釣新聞と釣り雑誌が無雑作に積んである。小西の荷物を積み込むと、パチンコ店アライズの前を二人は出発した。

助手席に座った小西は、前を見ながらやっと車の内部や仕事に興味をそそられ、

「この車で、仕事に行かれるんですよね。確かにこの車なら、釣りをしたことがない私でも、釣りをしたくなるような気分ですよ」

「いえ、長いことバラバラに部屋に散らかしてあった釣具を、まとめて整理したらこうなっちゃっただけで、家の中に置いてあった道具を、車に積んだらこうならざるをえなかったんです。それより小

西さん、朝早くてきつかったんじゃないですか。釣りはだいたい、早朝が多いですからね。私なんかは時期が来ると夜中に釣る場所の近くに早めに着いて、車の中で毛布を被り、酒を飲みながら朝を待つこともよくやりますから。ちょっと呑みすぎて、寝過ごして夜中に来た意味がなくなったこともありましたが」

思い出し笑いをし、石黒はまた話し出す。

「私はどこでも竿を出すんですが、あまり暖かい時期に山間部の奥で渓流釣りはしません。ほら、山奥に入りすぎると、熊がでることがあるんです。北海道は世界遺産の知床以外の海岸は安全だと思いますよ。今でこそ、人家のそばや海岸近くでは見かけなくなりましたけどね。特に冬を前にした熊は、結構サケを狙いますから、たとえ国道沿いでも、深い山が近くにある場所はひとりだと、なるべく避けますね。ま、どちらにしても、私みたいな馬鹿な釣り好きは、北海道だけじゃなく全国にゴロゴロといますよ」

車は札幌市内を出て、国道231号線を石狩方面へ走る。

もうすぐ六時になろうとしているこの時間帯。石黒は釣りの時間としては少し、遅いかも知れないと考えていた。初心者の小西には、この気持ちのよい朝焼け時間から慣れてもらえばいいだろうと思っての時間設定だった。小西と釣りをするのは、狙いが別にあるのを悟られないよう、二人の人間関係を深めることが最優先課題と――。

しかし、もともと自分が好きな釣りである。普段の釣行なら、小西と落ち合う予定時間は今日より二時間前に設定するのが常だ。今日は、夕方まで腰を落ち着けて、竿を出そうと考えていたので、朝マヅメ(日の出前後)狙いの釣りは捨てた。実際、今日は暖かい気温の方が気になる。海水温が下がってくれないことには、期待するいい釣果は望めない。

札幌北インターチェンジを経由し、石狩市に入る。車は、石狩街道をさらに北上していく。石狩川を渡ると、左側に北海道らしい広大な景色が現れてきた。

広い草原が、車窓を流れていく。背が高く円柱形の、冬用干草を蓄えておくサイロが見える。茶褐色のそれは相当古く、目の奥に、時の流れを伝えるモニュメントとして記憶に居座る。

先程まで、国道沿いに点在していたコンビニや店舗も次第になくなる。道路の頭上には時折、等間隔で街灯のような、空中に真下を指している矢印が目立つようになった。これは冬の積雪時に、道の外側までの境界を示す白いラインが雪で確認できない。そのために走行しやすい雪国特有の表示だ。また、国道と草原や小川、電車の線路などの間には、雪溜まりを防ぐための風除けのような三、四メートルほどの、横に長い白い屏風のようなものもところどころに立っている。暖かい時期に見ても、初めて北海道に来た者はピンと来ないのが普通だろう。

石狩を過ぎ、望来浜近辺を経由して、厚田村を抜けた。

道の両端に点在している木々が紅葉で、ちらほら色づく。なだらかな起伏のある草原のようになっているか所が、視界いっぱいに広がってくる。札幌の中心地を出発してから一時間ほど経っただろうか、この辺りから左手に日本海が望めた。朝の光が水面を、キラキラと反射し、瞼に雄大な海を映し出す。

国道を走り続け、三キロほどの長いトンネルを抜けて目的地、浜益の手前に出た。ここまで、約六十キロ前後か。

国道231号線は、札幌を出てからコンビニが極端に少ない。浜益の街中にはあるという石黒の話から、やっと着いた感のある浜益の町で、簡単な食料と飲料を仕入れた。浜益の町は国道沿いに店舗が結構あり、ラーメン屋や旅館のようなものも目立つ。

海岸近くの浜益川の橋を渡り、三分ほど走った左側に大きな駐車場があり、車をそこへ乗り入れる。

ここは綺麗に整地され、車一台ずつの白線が引いてある駐車場で、アスファルトで整備もされている。入り口と出口が一か所になっており、この場所を管理する小さなプレハブ小屋がある。これなら釣り客の車輌台数の把握もしやすいだろう。

「小西さん、車を降りて少し歩きましょうか」

二人は車から降りると、体を伸ばし背骨を鳴らすと深呼吸をして、ポツリポツリと駐車場から、目の前の海へ水を払い出している川の方へ歩いていく。

整備されている駐車場から歩き、五十メートルほど先にコンクリートで堤防が築かれている。川が海へ注いでいるのだが、先程この川の河口部にかかる橋の上から見たときとは違って、目線が低くなったせいか広い川に見えた。川幅は三、四十メートルくらいだろう。

水は澄んでいるとはいえない。しかし、汚れているということもない。その日の状況は薄茶色な感じで透明度がなかった。

川を正面にして、右側を見ると河口から海が見えた。

今、海は少し荒れており、この浜益川河口側から防波堤で増幅された波が、二人の立っている足元に、一メートル近い大きいうねりを断続的に送り続ける。左側には先程渡ってきた橋が架かっている。その奥の上流には、海から寄せる波などはまったく届かず静かだ。今立っているこの場所から右側の河口部にかけてだけ、波が入り込んでいるという状況だ。

石黒と小西は広い堤防を、海側の河口付近へ歩く。海の色は波打ち際から、薄いグリーンを流したようで、その向こう側のだだっぴろい海は、青色に灰色を混ぜたような感じで、とっぷりと美しい。岸に向かって、うねりができる部分の乱反射は、銀白色の光を放っていた。

長い堤防の上は、水で濡れているところが数か所あり、満潮時にでも波が打ち上げたのかもしれない。この堤防は長い。全長で一〇〇メートルは超えるだろう。この堤防の右側は、夏場には、海水浴場になるようで長い砂浜が続いていた。堤防の川を挟んだ反対側の岸辺は、確認ができなかったがやはり砂浜なのかもしれない。

「小西さん、この看板を見てください。わかりますか、ここに書かれていること」

それは浜益川沿いに、河口の先端へ向かって歩き始めて、最初に見た看板だった。

白い板に書かれていたのは、

『ここより陸側（河川）でのサケの採捕は禁止されています。　北海道石狩支庁』

と書かれていた。

そこからしばらく歩くと、再び看板があり、黄色の大きい看板で、

『注　意
浜益川の河口付近の海面では、下記の区域内でサケ・マスを採捕することが禁止されています。

また、河川内については周年禁止されています。

記
禁止期間　九月二日から十月十九日まで。

禁止区域　下図の通りです。

河口右岸から二〇〇メートル　左岸から一〇〇メートルの地点に標識が立っていますので目印にして下さい。

石狩後志海区漁業調整委員会』

とある。確かに地図があり、河口部の地図に標柱の場所と、沖合い三〇〇メートルという図が詳細を伝えていた。

これでは、この時期に釣に来た者は、サケ釣りなどできないではないか。看板を読み終えたと知った石黒は、

「ここの浜益川河口部で釣りたい人は、七月に調査という名目で、釣るための許可を申請するんです。確か、先着順に受付して、よほど過去に問題でも起こしていなければ、許可は出ますよ。ただし、九千円くらいかかりますけどね。今は申し込みの人数が多くて、AグループとBグループに分けているようです。そして、曜日にわかれて指定日に釣り場に入るみたいです。一日券のようなものもあって、二、三千円位で許可しているようですね。この川で竿を出したことがないので詳しくはわからないんですが、そんなことを聞きました。さっき駐車場に入るところに、プレハブでできている監視小屋があったでしょ。漁協もいろいろ苦労が多いんでしょうね。一大産業ですから。この駐車場も、釣り人のために作ったんでしょう。大変なもんですよ」

「今日は、ここでやるんですか?」

「ええ、そのつもりです。河口部には人が相当集まると思いますから、海岸の右側へ行ってみようと考えています。看板で指定されている標識からは、相当離れた場所です。河口部直近ではないのですが、小西さんが慣れるためには、あまり人がいない場所の方がいいでしょう。それに河口部の方を見ていれば、誰かがサケを上げれば見られますから実感も湧きますよ」

堤防周辺を歩き回り駐車場に戻ると、二人とも車に乗り込み少しだけ車を移動した。駐車場内でも河口から一番離れている右の海岸よりに、改めて車を停めると、後部のドアを上に開いた。

石黒は、運転時に履いていた運動靴から長靴に履き替える。車の天井に設置してある竿も見ずに、後ろの床に作りつけているケースから一本竿を引き出す。その竿には既にリールが装着してある。次にプラスチックの大型ケースに入っている細々とした道具の中から、はさみを取り出す。小西は黙って見ているだけだ。

「今、仕掛けを作りますから、そこで見ていて下さい。なに、簡単なものですよ。今日は私が全部やりますから、大丈夫ですよ」

「どうもすみません。できることは、自分でやりたいのですが」

「ええ、自分でやりたい気持ちはわかります。ラインに仕掛けを結ぶだけですから、といっても、少し独特な結び方をしないとならないんです。魚が喰ったら外れてしまうことのないようにするのにコツがいるんですよ。だから、本当に気を使わないで下さい。これでも一昔前には、船に乗っていたこともあるんですから。まっ、そんなこともあったという程度ですが」

気になる言葉だった。船って元漁師だったのだろうか、それとも自分で釣り用のプレジャーボートでも持っていたことがあるんだろうか。

石黒は、今引っ張り出したリールのついている竿の、太い根元を地面に立てて、リールから糸を出しながら、竿に固定されている金属で丸く小さなガイドに潜らせていく。

そして竿先までラインを通し、左手でラインを押さえ、右手で道具箱の中に手を入れてタコベイトを取り出して、仕掛けをラインの先端に結んだ。

タコベイト仕掛けは、小さなタコのようなプラスチック。一〇センチほどの江戸火消しでよく見る纏いのような、疑似餌仕掛けがついている。これが結構目立つ。

オモリはクリップのような形状に、ワンタッチでつけられるように結んであった。仕掛けのタコベイトの下に針があり、どうやらここにサンマの切り身をつけて投げるのだろう。

自分の竿の仕掛けを作り終わった石黒は、札幌出発時に小西が持ってきたロッドケースのジッパーをあけ、中から竿を取り出し、ロッドケースの小物入れに窮屈そうに入っていたリールを取り出す。竿にリールを装着して、リールからラインを出し、しばらくラインを点検していた。

「これなら大丈夫でしょう。少しラインが太いかもしれませんが、サケが喰って針がかりさえすれば、バラシは少なくなるでしょう」

きっと釣具屋の店員は、小西がまったくの初心者と見て、もしものことを考えたのだろう。頃合がよいときには、なんにでも喰ってくる可能性がある。そのとき、糸ヨレや細い糸などのライン切れで、取りこぼさないよう通常よりは太目のラインを、小西が買ったリールに巻いたのかもしれない。それとも、単にセットで売っていたものを購入したとしても、狙いがサケということを聞いて、このリールを釣具屋の店員は選んだと思える。石黒は、自分の仕掛けと同じ仕掛けを小西の竿にもつけた。二人の仕掛けが完成し、リアのドアを閉め鍵をかけると、二人は海岸の右方向へ歩き始めた。

「あの、網はいいんですか。もっといろいろと持って行くものだと思っていたんですが」

「タモ網のことですか。ここは砂浜ですから、ゆっくりと引いてくれれば、波に乗って上がります。そんなに心配することはないでしょう。小西さんが掛かったときには、私がすぐそばで竿の立て方や、タイミングを合わせたりリールを巻くことも、アドバイスしますから」

ポシェットを腰につけ、すりこぎの大きいバットのようなものを、ぶら下げているだけで笑って答えた。

続けて石黒は、もしもサケが釣れたら、針を外すプライヤーやサケを入れるビニール製の袋、それに仕掛けが取れてしまったときの、簡単な道具はポシェットに入っていると言った。

小西は自分のワクワク感と、石黒が持つ雰囲気からなんとなくだったが、ベテラン釣り師を頼もしいと感じた。

駐車場の方を振り返ると、何台もの車のエンジン音が聞こえる。新たな釣り客達がパラパラと、河口周辺に集まり出しているようだ。時間も七時半過ぎ、既に大型駐車場の三分の一は埋まっている。

コンクリートの部分から、砂浜との境に生えた雑草を踏み、その先にある海岸へと下りた。海岸を右へ右へと歩いていく。看板にあった禁止区域の指定のポールは過ぎたのだが、まだ石黒は歩き続ける。後ろを振り返ると、河口部周辺の人が遠く小さくなっていた。

「ここら辺でいいでしょう。このタッパーに入っているサンマの切り身を、タコベイトの足の下にある針につけてください。あと、リールを投げたことはありますか」

「いいえありません。小学生の頃に友達が持っているのを一、二回やった覚えがあるような、ないような」

「そうでしたね。ま、これだけ離れていれば練習には充分なりますよ。誰もいませんから、どこへ投げても文句も言われないでしょう」

石黒は、常にニコニコと笑っていた。

小西をその場で待たせると、自分は小西から二十メートルほど離れた場所で、竿を振り上げ、浮きのついているタコベイトを海に放り込んだ。投げ終わり、自分の竿を海岸から後ろへ持って行き、軽く穴を掘り竿尻を埋め、石と石の間に立てかけ固定した。

小西の隣へ戻り、波打ち際まで二人で進み、リールガイド（糸を操作する金具）をフリーにして、押さえた糸を指から外すタイミングと、竿を振りかぶってラインを出す一連の動きを、丁寧に教えてくれた。

頭の真後ろから、真上に振りかぶって投げる方法が、一番コントロールが正確だと教えられ、斜めから振りぬく方法は、今日は避けたほうがいいとアドバイス。小西は石黒に丁寧に教わっているのだが、なかなか自分の思った通りにいうことをきかないラインと、全然飛んでいかない仕掛けにイライラとする。

「みんな最初はそうですよ。私なんか酷いもんでしたからね。だって、友達のセーターに引っ掛けちゃったくらいです。魚を釣る前に、人間を釣ってしまったんですから」

小西は、幾度も失敗した。竿先が頭を過ぎる前にラインを離してしまい、自分の近くに仕掛けがポトリと落ちてきたり、放すのが遅れて竿の先端に、仕掛けとラインが絡みついてしまったりと散々だ。

そんな感じではあったが、その失敗の中から二十メートル、三十メートルと飛ぶようになっていく、なんとなくラインを離すタイミングがつかめてきた。

石黒は次第に投げられるようになる小西を、満面の笑みで喜んでくれた。あとは魚が掛かってくれるのを待つだけ。餌がちゃんとついているのかを見るのは、最初は頻繁に細かくチェックした方がよいという。しかし自分の投げた竿は、石黒の投げる回数から比べると、初心者だけに数が多い。どうやら餌を見たり、交換したりということは、少しでも一連の動作の頻度を多くして小西に慣れさせるためのようだ。

餌を自分のイメージどおりの場所に投げ込んでから、石黒が持ってきてくれた三十センチほどの石の根元に少し砂を掘り、竿を立てて座ると、自分の回りの状況を見る余裕がやっと出て来た。

左手遠く、河口側に何十人もの釣り人が竿を出している。

さすがにこの辺りまでは、誰も来ないようだ。小西が左側の釣り客を見ていても、サケを掛けて竿がしなっている姿や、サケを上げているところはまだ確認できていない。既に長い時間がたっているような気がする。

石黒は、二時間近く同じ場所で竿を出している状況を考えたのか、

「ちょっと回りを偵察に行ってきますよ。どうも喰い渋っているようですね。竿がしなるようなことがないみたいです。私が偵察してくる間に、もしも魚が掛かったら、竿を斜めに立てて、無理しないようにリールを巻いてみて下さい。私がいないときに限って、え、ということは、結構あるもんです

から」

石黒は、先ほど車を駐車した場所の方へ歩いて行った。河口部は時間が経つにしたがい、釣り人の数が多くなっているように見える。この砂浜に着き初心者だった小西は、腕が疲れるまで同じ動作を繰り返し続けることで、投げ釣りのスタイルには少し慣れてきていた。人が見ても、カッコはどうにかついているだろう。

次はサケが針掛かりすることなのだが、今は不安。できれば竿に、何事も起きないで欲しい。波が上下に揺れる影響で、竿先がユラユラとすることだけでもドキッとする。ひとりだと不安が募ってくる。簡単に、普通に、軽く、当然のように、石黒の言ったリールを『巻いて』なんて、まだ未知の世界だ。頭の中では想像が渦巻いた。針掛かりしたら、魚が暴れたら、近くに寄ったら、不安が突き上げてくる。目は竿先と石黒を探す体勢になっていた。

「小西さん、向こうも上がっていません。河口部でもあれだけ人が入っているのに二、三本しか、上がってないんですから。どうも水温が高いのかもしれないですね。気持ち早いですが、昼飯でも食いに行きましょうよ。小西さんも、朝早かったから、腹減ったでしょう」

釣をしにきているのに情けないが、先ほどの不安が解消され石黒が戻りホッとした。

「そう言われれば、減りましたね。十一時過ぎですから飯屋もやっているんじゃないかな」

二人は竿をまとめ、仕掛けがついたまま、竿の根元にあるガイドに、釣り針の先端をかけると車に戻り、食事のため海岸前を走る国道へ再び乗り出した。

駐車場を出たワンボックスカーは、国道231号線に戻り、浜益町の目立つ看板の中から、今店をあけたばかりという感じのラーメン屋に入り、窓際のテーブル席に座る。店主らしき年配の人が奥から顔を出し、

「お客さん、今、店をあけたばかりなんで、チョットだけ時間を下さいね。五、六分注文を待って下さい。サケ釣りですか。どうです、上がりました?」

「全然、ダメです。朝から竿を出しているんですけど、今日はまったく喰いっ気ないです。ま、いつもポンポンと釣れるとは、思ってはいませんけど」

このラーメン屋の親父は、何年もサケ釣りの客を見ているのだろう、首を縦に振りながら作業している。

「昨日のお客さんも言ってましたよ。まだ海水温が少し高いみたいだって。でもこれから一、二か月ほどは、楽しく遊べるんじゃないかな。お客さんは札幌」

「そう、札幌市内です。この時期は、あっちこっちで竿を出してはいるんですけど、微妙なものですからね。サケってやつは」

二人はラーメンと餃子を頼み、親父が作って持ってくるのを待った。親父が、二人の前に注文の品を置くと、すぐ厨房の中に入ろうとせず、二人の座っている斜め前にあるカウンター席に座りこんでしまう。話し好きな親父らしく、小西と石黒がラーメンを啜っている間、ひとりで話していた。

「ここいらのサケは、個人的にはあんまり味が好みじゃないんだよね。紅鮭の方が俺は好きだね。も

ともとサケのことを『アキアジ』なんていう呼び方だって、サケの身の美味しいうまみから名前がついたっていうじゃない。ま、これからもっと秋が深まってくりゃ、石狩鍋、チャンチャン焼き、ルイべでもいいな。卵は筋子のままでもいいし、粒をほぐしてイクラでもいいし。でも不思議なもんで、戻ってくる時期が変わると、呼び方も変わるやつだからサケは。出世魚で名前が変わるんじゃなくて。春頃から夏前あたりの時期は、根室沖や羅臼あたりで獲れる《トキシラズ》しょ。たまに未成熟の奴は《鮭児・ケイジ》とか言って、めったに獲れないから高級だもんな。食ったことはないけど。この浜益川の河口は、先週の土日なんか三〇〇人くらいの人で、ごったがえしていたっけね。その前の木曜、金曜に上がったみたいで、釣り新聞に載ったりしたから、あんなに人が来たんしょ。お客さん、札幌なら、ここら辺よりは石狩の方が近くていいんじゃないのかい。なんだって石狩鍋の石狩っしょ。役場なんかでもイベントもあるでしょ。この時期からは、あきあじ祭りが、いろんなところであるし」

小西は石黒と店主の顔を見ながら、

「さすがに地元だけあって、詳しいですね」

気をよくしたのか、

「確か、根室市の方でもやってるし、千歳でも、ほら、なんて言ったっけか、有名なインディアン水車とかだよな。水車が回っているだけでサケが入って獲れちゃうってやつ。いろいろあるしょ。去年テレビで見たけど、神奈川県の逗子とかいう場所でサケが一匹入ってきたって、こっちのニュースになっていたからね。まっ、よっぽど珍しいことだったからニュースになったんだろけどな。ここら辺じゃアキアジは、いて当然という感じしょ。札幌市内の豊平川や厚別川でも、水しぶきを上げて泳ぎ上がるアキアジがいるんだもんな」

よくしゃべる親父である。

きっと、店に来る釣り人の受け売りもあり、いろいろな情報が入ってくるのだろう。石黒と小西はときたま、合いの手を入れながらラーメンと餃子を食べる。二人が食べ終わる頃、これから忙しくなるのだろう、昼時で店の入り口から新たな客が入ってくると親父は奥の厨房に入ってしまった。

「石黒さん、午前中の調子で今日、正直なところ釣れると思います？　それにここら辺にサケは回帰してきているんでしょうか」

「正直なところですか。釣れる可能性はあると思いますが。河口周辺で何本かは、上がっているのは事実ですから。しかし、実際今日の海水温だと難しい気もしますね」

「どうです。いっそのこと、サケのいそうな違う場所を探しませんか？　釣り人がこんなに大勢入っていない場所で。それに私の希望を、あえて言ってしまうと、この浜益川の上流で実際に、遡上を見てみたいものですね。ＮＨＫなんかの自然番組で見たことはありますけど、北海道に長年住んでいても、たくさんのサケが遡上しているところなんか、一度も見たことがないですから」

石黒は、小西が自分からサケ釣りに興味を抱き始めていることに満足していた。最初の投げ釣りの練習で、小西がなんとなくイライラしているようだと感じ、早くリールの扱いに慣れて、一本でも上げてくれと本気で思っていた。その小西がけっして否定的な意見でなく、遡上するサケを見たいという。

「そうですね。せっかくの休みですから、時間を有効利用しましょうか。サケを釣り上げるのは次の機会に回して、今日は次に来たときの場所の情報集めと、サケの遡上でも見に行きますか。私もここら辺は詳しくありませんから、それも楽しいと思いますよ」

釣行費用というか会費というか、出発したときから気になっていた小西が、会計のためレジで「私が払います」というと、「自分の分だけ、払うことにしましょう」と石黒は受け流し、話好きなラーメン屋の親父に軽く頭を下げ、二人は車に乗り込んだ。店の前に停めた車の中で、後部席に常備してある北海道地図を広げ石黒は相談した。その結果、二人で一致したこれからの予定は、このまま浜益川の上流へ、行けるところまで車で遡ってみようということ。そのあとは、国道231号線を北上して、海へと流れ出す天然の川を探そうということになった。

何回見ても立派な、ハイエース・キャンピング使用のワンボックスカーをラーメン屋の駐車場から出し、先ほど通ってきた浜益橋の方向へ戻る。先程まで二人が釣っていた国道右側の砂浜は、海へ向けて釣竿が乱立している。

橋を渡りきった場所から、左側内陸部は遠く点々と続く山々があり、その山々が重なり合って裾野が交差し、人家や木々に隠れていた。

橋を渡り、浜益川から五十メートルほどの場所を海とは反対側へ左折する。道が川の横に沿って続いていた。走る車から見る景色は、小高い土手の雑草の緑が、車の窓枠と同じ高さで、遠く長く生え続いている。ところどころ、土手の上に桜だろうか、ポツポツと葉のない木が並ぶところもあり、道は川に近づいたり離れたりしながら続く。

十分も走ると、T字路にぶつかり広い幹線道路に出た。そこは片側車線を規制し道路工事中。ヘルメットを被り、道路の中央に赤い三角錐のコーンを立てた作業員達が、一車線規制をするために旗を振っている。車はこのT字路を左折し、太い幹線道路を進む。その直ぐ先三〇〇メートルほどの、なだらかな登り坂に橋が架かっていた。

ここは浜益川河口から、三キロほど上流に遡った地点。

時間はもうすぐ一時だ。橋に差し掛かるとヘルメットを被った作業員達が、四、五人で橋の中央から、川の中を覗きこむ姿がある。

橋のたもとから川を挟むように横に、手前と向こう側の両方に車が一台ほど通れる農道のような道が見える。橋を渡り、左の小道に車を乗り入れた。

曲がった先は、幾分広くなっている場所で、何台かの作業車が止まっていたが誰も乗っていない。今、通過してきた幹線道路の、工事作業員の車だろう。石黒は、

「きっとサケいますよ。あんなに川の中を覗く人がいるんですから」

石黒は、毎年のように釣りで北海道各地を回って見ているのであろう。小西は、始めてのサケの姿が見られる期待でワクワクする。

川の水音が小さい連続音で長く、ザーと音をたてている。大きい音でもなく、小さくもない。作業車の近くに駐車スペースを見つけ、車を停めると二人は車外に出た。リアドアを大きく上にあけて、

石黒はつくりつけられている引き出しの中からデジカメを取り出すと、ポケットに、突っ込む。

二人とも手ぶらで、水音のする土手の方向へ歩く。膝の高さまである枯れた草と、緑の草を長靴で踏みしめながら進む。まだ水音だけで川の中は見えないが、対岸の土手の様子はわかる。対岸はこちら側と同じように、車の置けるスペースがあり、対岸ぎりぎりに駐車している車のドアをあけ放ったまま、弁当を食べている作業員が、川の中を覗きこみながら箸を動かしていた。弁当を食べている人のそばには、立ったままタバコを吸いながら、ボーッと川を見ている人達が他に二、三人いた。

石黒はこれといった指図もなく、土手へ下りられそうな、狭い土のえぐれた場所を選んで下りていった。小西もあとに続く。土手の上から見た景色とは違い、水面が近づくにつれ川全体が現れる。川幅二、三十メートルで東京だと、都内を流れる目黒川や神田川とたいして変わらない幅だ。ただし、ここは景観を害するコンクリートの、ドブ川にはなっていない。水音のする方向に近づくと、そこは五十センチほどの高さがある堰〈セキ〉になって上流から流れてくる水が落ちている。対岸からこちら側までの間に、水平に線を引いたような、白い小さな水の帯を作っていた。

まだなにも見えない。もう少し川のそばに寄る。堰の上流対岸には作業員達が一か所を見ているようだ。そちらへ目を凝らして見ようとするのだが、光が反対側から水面に乱反射してなにも見えない。

するとすぐ近くにいた石黒が

「小西さん、ここ」

いつのまにか、小西の後ろの方へ回ってきていた石黒が、指をさしている水面に目がいく。川の、こちら側の岸近くで黒い塊りが泳いでいる。と、堰の白い帯を二つに分けるように体を震わせ、上の水面に大型魚が登っていった。サケだ。手前の魚を見ていて中央の今登ったサケを見られたのは、同一水面を見ていたからだろう。そのサケが登っていく姿を見て、「凄い」と石黒に話しかけようとしたとき、またも反対側の岸近くで堰の水の帯が切られた。

次は自分の立っているこちら側の足元で、流れ落ちる白い帯の水面を登る。すると今度は、中央でまた登る。見ていると約半分のサケは、この五十センチの堰を登れずに押し戻されてリトライしているようだ。登れたサケは急いで上流に泳いでいくのかと思うが、登って少し堰から離れると、ゆったりと尻ビレを川の流れに逆らいながら動かし、休んでいるように思えた。

こんな簡単にサケの遡上が見られるとは、小西が札幌にきてから初めてのことで、もっと前から見にきておけばよかったと痛感した。テレビや映画の映像として映し出されるサケの遡上とは雲泥の差がある。それは、その場の同一空間の共有があるからこそ、初めて感動が生まれる、ということを改めて知った瞬間でもあった。

しばらくすると、サケが堰を切り開いて登る姿が見られなくなった。どういうことなのかは、見ている側の問題なのだろう。誰に強制されているのでもなく、ある程度時間が経ってから登るサケもいれば、リトライするサケもいるのだ。考えて見れば、サケは常に一回勝負なのだから。ひとつひとつの堰を登るためには、全力の力を貯める必要があるのだろう。堰の手前の川には、水面がゆらゆらと動き、遠く近くタイミングを見計らっているサケの群れがいる。登るのも休むのも、スターター・ホイッスルなどないのだ。

しばらく立ったまま、ボーッと眺めていた。石黒は次に、川沿いの上流に向かい歩き始めた。その場所は先程、車で渡った橋の下くらいの位置だろう。堰の少し上流になる。堰の上流でも水面にゆらゆらと川の流れとは異なる水の動きがあった。その場所から、まだ更に遡上していくのであろう。

しかし小西が、ふと気になったのは、岸辺の水底に白い体色になったサケが死んでいることだった。対岸やこちら側の、岸の水草の下や小石の間、水底にはサケの死骸がそこかしこにある。

そのとき、橋の上を歩いていた年配の女性が、橋の下で川を見ている小西と目が会うと声をかけてきた。

「どう。たくさんいるしょ。大変なんだよね、それ。ゆっくり見てくといいよ」

「はぁ。どうも。たくさんいますね」

地元なのだろう、通りすがりに観光客にでも声をかけるようにサラッと言った。

「ここらは、熊は大丈夫だと思うから、でも気をつけてね。まっ、熊はあの山だから」って、おい、あの山って目の前二、三キロもない木の根元が視界に入るあの山か。やっぱりここら辺の山にも熊はいるんだ。石黒の顔を見ると、小西の方を見て頷いている。石黒はその女性の言葉を引き継ぐように、

「今は、ほとんど姿を見ることはなくなりましたが、三、四十年前は、いつどこに出てもおかしくない場所だったんですから。もっとも、ここだけの話じゃありませんよ。北海道の市街地から離れて釣りをしていたら、どこに行っても熊に対する注意だけはしておいた方がいいんです。よく、お土産屋

で鈴や金属音のする熊除けを売っているでしょ。あれ、山の中では必需品ですよ。夏、イワナを追いかけて山奥に入るときは絶対に必要。なにしろ熊スプレーだって、釣具屋で売っているくらいですから。でも小西さん、ここらは大丈夫だと思います。農家がポツポツと見えていますし、国道や幹線道路が走っていますから。基本的に人間の匂いは嫌うようです。しかし人間のにおいに慣れた熊が一番やばい奴ですよ。だって人間を怖がらずに、山からちょこちょこ下りて来ちゃうんですから」

テレビコマーシャルで、熊がサケを獲ったりする場面が想い出されるが、面白おかしく作っているだけじゃなく、本当にここまできて理解できる実態なのだ。今更ながら自然が体感させてくれる事象は、人間としての奥深い本能的な琴線に触れる気さえする。

「小西さん、さっきのおばちゃんが『大変なんだよね』って言ったの聞きましたよね。あれはね、その足元。産卵が終わって、寿命が尽きて上流から流されてくるサケの死骸がとても多く、目に余るときには、人間が片づけるのが大変だっていうことを言っていたんだと思いますよ。ここら辺でも熊が出なくなったように、自然のサイクルは年々変わってきているようです。私は、自然破壊についての問題なんていう、大したことを考えて言っているんじゃないんです。昔と違って大型の鳥も熊も北狐も、サケを捕食してきた動物達は少なくなってきています。人間が遡上してくるサケを一網打尽にし、産業として人工孵化をおこない、人の手が入って昔から比べると、何倍というサケが今は、川を遡上するんです。一時期は天然のサケの死骸が、産業廃棄物として捨てられていたんですよ。だって死んだ産卵後のサケを人間は食べないですからね。漁協は、このところを考えて釣り人に遊ばせて自然も守りながら、そして自然遡上してきたサケの最後も処理するという取り組みもやっているようです。それで回帰してくるサケを私達は釣って楽しんでいるわけなんですけどね。そういえば、鮎などは一年魚です。サケよりもっと短いですよ。その鮎は、自然産卵している地域が、日本全国で数パーセントでしょうから、似ているといえば似ています。人の手が入って、いろいろと利用方法がある点がね。微に入り細に入り考えていくと、歪みは、どこにでもあるものでしょうけどね」

少し、石黒を見直した。ただの釣り好きで、竿を出して遊んでいるのではないようだ。もしかしたら、釣りをしているからこそわかる、自然の変化に気がついたり、自分の意見というものを持つようになったりしたのかも知れない。それはきっと、素晴らしいことなんだろう。

しばらく二人は同じ場所でサケの姿を眺めていたが、石黒はもう少し上流へ行ってみようという。なんとなく立ち去るのが、名残惜しい気分だったが助手席に乗り込む。

狭い農道でUターンした車は、幹線道路を左に曲がった。片側一車線の、やや狭い道は国道451号線という標識が出てきて、初めて国道ということを知った。浜益温泉の看板を右手に見て走る。

この道は滝川や美唄方面に通じているという。山間部を抜けているらしく、積雪の多い真冬の時期には、道路が途中で封鎖されることもあるという。浜益川の河口から五キロほど内陸部に入った場所。河口部から三か所目の橋の中央に車を停めて、橋の欄干から再度下を見た。国道という割には、車の通行量が極端に少ないので、橋の中央にハザードを点滅させて停止する。

下を覗くと真下に、浅くなって底の見える川がゆったりと流れていた。その流れの中に、ポツポツとサケの姿がある。先程までいた堰周辺の環境とは異なり、小さな玉砂利を敷いたような、浅く幅の広い川に変化していた。川はゆったりと右にカーブしており、今まで見てきた水深の中では一番浅い。ここも川岸に死んだサケの姿を見てとれる。

この橋から前方四、五〇〇メートル先に赤い橋がある。石黒はそっちへも行ってみようと言い出し、子供のような感覚でウキウキと車を移動させる。国道を走り、左に延びる小道を曲がり、細いカーブを過ぎた辺りで、さっき向こう側の国道から見えた赤い橋に出た。橋のたもとに車を停め川を覗き込む。ここは先程の橋の下とほぼ同じ状況だ。ただ違っていたのは川の中に見える石が丸く、神社などに敷いてある敷石のような感じで川幅が大きく広がっていた。

川の半分は露出して、乾いた白や灰色の石が川の流れとのコントラストを浮かび上がらせている。当然のようにサケはそこにもいた。何匹ものサケが頭を上流に向け、尾ビレをゆったりと動かしている。けして早い動きではない。石黒と二人で橋の反対側や橋のたもとへ行ったり、ウロウロ見ていたときだった。白いライトバンがゆっくりと橋を渡ると思うと、橋の中央で止まった。二人でなんだろうと運転席を見ていると、運転席の窓が開き、

「サケは、見るだけにして下さいね」

「ええ、もちろんそのつもりです。ここら辺が産卵場所なんですか。河口からいろいろ見てきましたけど、どこまで行けば産卵が見れますか」

「ここらでも、ジャリや小石の間に産みつけているようだが、この先のトロ場もそうだろう。ここに

くるサケは、この下流に漁協があって網をかけているからその網にかからなかったものが、何割か自然に近い形で産卵しているんじゃないかな」

二人ともこの人が何者なのか、キョトンとしていたのを察してか、

「俺は漁協の者じゃないから詳しいことはわからないが、そんなところだろう。ときたま札幌からきて網でシャクっていく者がおるから、気がついたときには声をかけるようにしているんだ」

「大丈夫ですよ。この川では確か終年釣り禁止でしたよね。今日はサケの遡上を単純に見たかったんです」

「あんたら、釣りはするんか」

「しますよ。午前中この川の河口で竿を出していたんですが、全然、釣れませんでした。水温が高かったようです。このあとはまた、海岸に戻って天然の川を探そうかと思っているんです。この近辺で、規制のない場所はないですかね」

「あんたら、ここらは知らんみたいだな。人が入っているかどうかは保証できないが」

会話の途中で、窓越しに話していた六十歳前後の、農作業帰りのような男は車から降りてきた。泥で汚れた長靴を履き、灰色のズボンと首まである赤い薄手のジャンパーを着ている。

「そうだな、町中のスタンドはわかるだろ。そのスタンドを右に曲がって国道を真っ直ぐに行くと五、六キロほどで、左側に白い看板で《幌川》と書いてある標識が見えるから、左に下りて行けば釣りはできるだろう。管理事務所なんかねぇから、川でもそこならできるはずだ。天然なんだから。釣

れるか釣れないかは知らんが、この川の下に比べれば、人はいないと思うが」

石黒も小西も、気軽に聞いて正解と顔を見交わす。この二人は、密漁などとは関係ないと判断したのだろう、白いライトバンに再び乗り込むと、手を上げて走り去った。

店での仕事や繁華街の札幌以外で、久しぶりにプラッと道を聞いた人と話をしただけなのにこんなに楽しいとは。どうということもない会話だろうがなぜか不思議と、あたりの空気が匂い立つように感じる。周りに映る赤緑の山、ゆったりしたサケのいる川の流れ、ポツンと空に浮かんでいる雲、それらすべて小西の目には新鮮な感慨で焼きついた。

二人は、橋のたもとに停めてある車に乗り込み、今教えてくれた場所へ車を出す。もう、午後の三時過ぎ。サケの遡上を捜し、見るために走らせていたときとは変わり、目的を持ったため幾分スピードを出し、車は先程教えてもらった浜益町のスタンドを右に曲がる。その先からは二人で《幌川》の標識を注意深く探しながら北上した。

道は海沿いの、国道231号へと戻り、午前中に竿を出していた海岸の脇を過ぎ、四、五分もすると、左側に日本海が大きく広がる。今走っている国道の位置は、海水面より相当高い場所なのだろう。しばらくその道を走ると、次は海沿いから離れた右方向へカーブしている。カーブを曲がると山間に大きな橋があり、下は断崖のような少し険しい感じの場所に出る。下は川が流れているのかもしれない。降りて確かめることはしなかったが、通過しながら、ここなのかもしれないと当たりをつけて、標識を探すことに注意をはらった。

左側の道の端に、それほど大きくもない表示はあった。白い看板で《幌川》と。その左側の道を下りていくように走ると、車が一台通れるくらいの古い橋がかかっていた。その橋を渡り徐行しながら進む。ここは古い漁師町のようで小さな集落の真ん中だ。そのまま進むとまた、さっきの国道の先に出てしまった。ハンドルを握り顔をフロントガラスに近づけながら、

「さっきの国道から、坂を下りたところの左側がそうだったようですね。右手の橋を渡ったのは失敗ですね」

確かに坂を下りたところの橋の手前に、草に隠れた、私道のような道があった。どうやらそこだ。車をUターンさせ今来た道を引き返し、最初左に曲がらなかった道へ入る。入り口は小さな場所で、車が二台はすれちがえないだろう。しかしその奥は広く、山沿いの下に平坦地がある。下は土と砂だが、前方に見える海との境には一抱え以上もありそうな石がゴロゴロと転がっている海岸だ。その向こうには、水平線が美しくキラキラと光っている。その広場の奥まで車を乗り入れると、ジープや、ワゴン車、ライトバンなどが規制もなにもないのに整然と並べ停めてあった。駐車スペースは無理をすれば、五十台は駐車できそうなところだ。

車が並ぶ広場の正面右手には、川幅五メートル前後の浅く小さな川がサラサラと流れている。川幅は小西が印象に残った浜益川を眺めていたことで、極端に小さく映っているのかもしれない。しかし、川の河口は信じられないくらい極端に浅く感じる。というか、こんな狭く浅いところにサケが遡上するものだろうかと、疑問すらわく不思議な場所だ。水量が少ないのかどうか知らないが、足首くらい

の深さ。見た限りでは深いといっても膝までがせいぜいだろう。その川が海へサラサラと扇状に広がり流れ続けていた。

私達の目の前に駐車している車の持ち主達であろう先客は、川を背にして寄せる波に向かい竿を振っている。そんな人達が、十人ほどいるのも事実だ。先程教えてもらった場所は、ここで間違いなさそうだ。

「小西さん今日は、水温が変わらないことは一緒だと思いますから、次の休みに朝一番から、ここにもう一度来るようにしましょう」

「そうですね。なんか午前中投げていた場所より、ここは自然の中に紛れ込んだような場所ですね。私は確か来週、水曜日に休みになるんですが、石黒さんは大丈夫なんですか。私は石黒さんに合わせて調整できると思いますから、無理しないで下さい。でも、ここはいいところですね。川向こうに小さいですけど、小石の浜があるんですね。左側は大きな石だらけですけど」

二人は河口付近を歩きながら、来週の水曜日に再度この場所に来ることをきめ、駐車スペースから車を反転させ国道に戻った。

日はまだ少し長いが、秋の空気は確実に冬に向かっているのだろう。山の木は半分、既に黄色と赤が折り重なり始めていた。

札幌への帰途、小西は運転をかわろうと言ったが、石黒は車の運転は好きだし、疲れていないからと帰りも運転するという。走行中小西は前をむいたままポツリと、

「釣れたら電話して。なんて言ってたよな。確か」

石黒もそのことを思い出したのか、運転席の横にある携帯電話を渡した。

「私、運転中ですから小西さん、高井さんの店に電話入れてくれません。電話番号は知っていますよね。釣りの方はダメだったけど、夕方過ぎには着くので、軽く飲みに行きますって。小西さんも行きますよね。軽く飲んで、来週の計画でも立てましょうよ。それと今日、何枚かデジカメで写真を撮りましたから見ましょう」

石黒がカメラを構えたところは見ていないが、撮っていたのだろう。今日はこのまま、アライズ三階にある自分の部屋へ戻っても仕方ないので、石黒の提案にすぐ同意をした。

小西は店と『高井』とコンビニくらいしか外出しないのを理由に携帯電話を持っていなかった。もう何十年も、古い小さな電話帳を利用している。しかし『高井』の女将さんは、この時間、店にいるのだろうか。財布の中から小さな電話帳を取り出すと携帯電話のダイヤルを押した。呼び出し音五回ほどで電話に出た。

「小西です。今、石黒さんとサケ釣りの帰りなんですが、あと二時間ほどで店のほうに行こうかと話していたんですよ。もう店に入っているんですか。早いですね。仕込みかなにかですか」

「まさか早いわよ。店の電話は私の携帯に転送できるようにしてあってね。ところでどうだったの」

「ダメでした。一匹もお土産はないんですが、釣れなかった話が土産ですね。それを肴に軽く一杯」

「待っています。車の運転、気をつけてきてくださいね」

電話を切って携帯を返しながら、転送の件と、待っているという女将さんの言葉を石黒に伝えた。

「あの女将さんは料理も上手だが、客の痒いところに手が届くような対応をしてくれるな。きっと若い頃に相当、苦労した人なんだろう。私もこの年まで、なにもなかったというわけでもないですが、やっとこの年になって落ち着いたってところですよ。だからなんとなくわかるんです。それと小西さんは、北海道生まれじゃないでしょ」

石黒は自分が今、発した言葉に問い返していた。気持ちが落ち着いたんじゃなく、落ち着きたがっているのではないかと。そんなことを心のどこかが言っている。そう感じる自分自身が、重い荷物を下ろしたがっているかもしれないことを。それと小西に初めてあったとき感じた、遠い昔どこかであったことのあるような顔つきも、気安い言葉を吐かせていた。

小西は、間があったが車外を流れていく景色を目で追いながら口を開く。

「ええ、私は東京生まれで大学中退です。中退の理由というのが、まっ、反社会的と世間の人に言われるような学生運動をしていましてね。昔の話です、昔の。学生運動ってのは、やっているときには熱い坩堝の中に酔った姿でいられるんですよ。その坩堝の中から離れてしまうと、学生時代の理論や理念だけでは、世の中が回っていないことを、身をもって知ることになるんです。そうですね、学生運動を少し覗いたというくらいで、挫折したくちなのでしょうが。それはそれでよかったのかもしれません。今は札幌にきて、あの店で主任という立場上、バイトの若い子達に仕事を教えるだけのサイクルに慣れてしまって、これがよしあしの差ではなく、今では、落ち着ける自分の居場所のような気がしてますよ」

「そうですか、私は根室が元々地元だったんですけど、札幌に出てきてから苦労しましたよ。小西さんも、いろいろと大変なんでしょうね」

石黒は、自分の仕事、すなわちゴトの引き込みとしての、金銭欲的な方向へ話題を軽くずらしてきたいと軽く振ってみたが、小西との話の流れから、早急に無理をすることはしなかった。

「石黒さんは、根室なんですか。今日、サケ釣りに誘ってもらってよかったですよ。これは釣れたからとか、釣れなかったからじゃないと思います。端的に言うと、次に釣れる可能性を残して、今日は撤収するわけですから、次に来たときにはという気持ちがわきますからね。本当にありがとうございました。私は、生き方が不器用なのかもしれません。人からは潰しが利くように見えても、東京の系列店とあの店しか知らないんですから。パチンコやスロットなんか、実際に遊んだこともなかった人間が、今はホールで偉そうな顔をしています。この業界は、パチンコ屋を渡り歩いて来た人間が結構いるんですよ。年齢的にも私とたいして変わらないような人が、私のところに履歴書を持ってきたりしますから、その履歴書に隠されている、その人の本当の姿は、なかなか見れません。ただ、時が希望を押しつぶす。と、いうことですかね」

一瞬、遠くを見るような眼を小西はした。

小西の古い記憶が頭の中でよみがえる。その目の奥には、三里塚のアスファルトの上で機動隊の紺色のヘルメットの群れが、自分を取り囲み、もみくちゃにされながら引きずられているときのことを鮮明に思い出していた。むしろ、その状況下の中で低い林の間を遠く旅客機が着陸していく姿が焼きついて、今も忘れられないでいた。着陸して行く飛行機の車輪が自分の信念を粉みじんに打ち砕いていったのかもしれない。もちろん今更そんな昔のことを、詳しく話す気などさらさらない。

石黒は、自分から仕事の話題を振ってくれたと思ったが、今の小西には金銭的な言葉は意味をなさないと、なぜか石黒は感じた。それまでゴトに巻き込むためのパターンは、パチ屋の責任者を飲みに誘うことはあったが、自分の唯一の趣味である釣りの世界に誘うことはめったにない。そんなフィールドがゴトに直結させないなにかかもしれなかった。

「いろいろとありますよ。いろいろと。人生八十年時代に入ってから、私なんかも不安になるときがあります。今日はサケ、残念でした。でも、私としたら収穫もあったんですよ。なにしろ、まったくの素人だった小西さんが、リールの扱いに慣れてくれました。あとは、サケが喰ったときの、竿の使い方だけですから。次はきっと釣れますよ」

話は、軽い冗談のつもりだったのだろう石黒はひとりで笑っていた。そのうちに慣れますという言葉もつけ加えていたが、小西としてはもう少し自信が持てるように、これからの課題は、釣りに関する道具の扱い方を知りたい、というのが本当のところだった。これればかりは経験を重ねるしか方法がないのだろう。

札幌市内に入り、石黒は繁華街近くに契約しているという仕事仲間の駐車場に車を停めると、車内で簡単にズボンだけを履き替え、二人で女将さんの店まで歩いた。店から一キロほどの駐車場から、二十分ほどで店に着く。店に着く頃、あたりはネオンがポッポッとつき始める薄暗さになっていた。昼少し前に食べたラーメンから、七時間も経っていた。咽喉も渇いているし、腹も減った。

《高井》の入り口をあけると、店は既にサラリーマン達で半分以上の席は埋まっていた。奥で焼きものをしていた女将さんは、二人の姿を見るとニコッと笑いながら、カウンターの席を指差す。二人はビールを頼み、咽喉に流し込む。オーダーがたて込んでいるのだろう、カウンターの内側で女将さんは忙しく動き回っている。

「小西さん、サケを北海道ではアキアジと呼んでいるのを知っていますよね。ところが札幌市内の若者の中には、アキアジと言っても最初はピンとこない。サケと言った方がわかるみたいで、驚いたことがありましたよ。肉食主体で魚にも興味がなく、もちろん釣りなどしたことのない若い子達で、核家族化になってしまった弊害のひとつかなと」

「はぁ、今日帰ってから、さっそく店の若い子達に聞いてみますよ。アキアジっていうのは、北海道特有の言いまわしですよね。魚のことをあまり知らない主婦なんかも、普通に使いますから」

石黒はポケットからデジカメをとり出し、今日撮った写真をデジカメの画像確認に映し出してくれた。その小さなカメラを小西に渡し、順番に画像を送り見る方法も教えてくれた。順番に写真を見ていると、浜益川の河口付近と、小西が練習を兼ねて、竿を投げている場面が映っている。その後、サケが遡上していた堰の付近と、堰を登るサケもあった。何時間か前にいた場所ではあるのだが、なぜか懐かしいような気がしてくる。画面には小西がポッポッと映っていた。石黒はいい写真があれば現像しますから、ナンバーだけを書いておいて下さいと、箸袋を開いてメモ用紙にしたものと、ボールペンを出した。ある程度自分が映っている画像を選び、石黒にデジカメとメモ用紙を返した。石黒は一枚十円ぐらいだから、お金は要らないと言ったが、小西は無理にでも今日の経費と、そのお金だけは受け取ってくれと伝えると、申し訳なさそうに石黒は三千円を請求した。ガソリン代や餌代など、そんな安いことはないと思ったが、来週は自分が出すからとつけ加えて、円満にその件は終わった。

そろそろ注文をどうぞと、女将の高井さんが、カウンター越しに笑顔で声をかけてきた。

それまで突き出しの、小鉢に入った煮物を突っつきながら飲んでいた二人。今日は、紫の小さな花をあしらった着物姿の女将に、サーモンのルイベを頼んだら、ニタッと笑われた。だいたい、もしかしたら、サケが二、三本調理代に乗るかもしれなかったのに、墨文字のお品書きに、サケ関連の品があるというのもなにか釈然としなかったが、あえて小西は頼んだ。刺身を中心に三品と、ホッケを一匹焼いてもらう。品数はいつもの倍は頼んでいた。ビールで誤魔化してはいたが、腹は減っている。

店の客は、早い時間帯の常連なのだろう、女将さんに対して明け透けに言葉をかけているのを見ると、ここで飲み慣れているような雰囲気だ。『高井』の客層は、早い時間はサラリーマンや作業員風の人間達である程度埋まる。

石黒も小西も、夜遅い時間帯の常連客なのだ。十二時近くに顔を出して飲み始める客は、どう考えても少数派だろう。顔見知りもいない早い時間帯の常連客に囲まれて、なんとなく落ち着かない。深夜は酔客が多いが、この開店早々の空気のように、きりきりした感じはない。むしろ全体に疲れ、よどんだタバコの煙と、どんよりとした空気が、飲み屋独特の調理後の匂いが漂っているもので、小西はそちらの方が落ち着く。

石黒は呑むというより、食事を摂るように箸をせわしなく動かしている。そんな姿を横目で見ながら、今日一日を振り返って考えてみた。石黒はきっと自分と似たようなタイプなのだと勝手にきめ込んでいたが、そんなに外れてはいないだろう。

きっと世話好きな性格で、趣味や仕事には前向きなのだろう。常にべらべらと話し続けるタイプではないし、自分と他者にある程度距離を保ちながら、気が合うと一歩ずつ前進したつき合い方をするのかも知れない。それは、けっして嫌ではない。むしろ好感の持てるタイプだ。

珍しく夕方過ぎに店に入り調理場を見ている。女将さんは常連と軽い話の相槌をするのと料理に忙しく、小西達のグラスの中身だけを気にしてくれているようで、世間話などできる状況じゃなかった。既に、二人の目の前に並ぶ皿の上にはなにも残っていない。

九時を過ぎると、客はチラチラと帰り始め、店の半分以上の席が空く。料理もひと段落したのか、女将さんは疲れてもいたのだろう、目の前に腰を乗せられるだけの椅子を引いてきてチョンと腰かけ、二人にビールを注ぐ。

「このままビールでいいの。いつものパターンと二人とも違うじゃない。いつもならもう焼酎になっているのにね。で、あっちの方は全然ダメだったの」

二人は、疲れていた。ほろ酔い気分で腹も満たされ満足していたが、女将さんの言葉に促されるように、焼酎の烏龍割りを頼む。

「今日は、浜益近くで竿を出したんです。サケは回ってきてはいるんですけど思ったほど海水温が下がってなくて、渋かったですね。私達以外に、竿出している人達は結構いたんですが、見たところ午前中、全体で二、三本上げるのがやっと。そのまま午後いっぱいまで竿を出しても、きっと全体で十本そこそこじゃないかと、午後からは観光してきちゃいました」

「よかったですよ。私、石黒さんに連れて行ってもらわなければ、きっと一生自分の目で見なかったと思う光景、見てきましたから感謝ものです」

「そんな、オーバーな。小西さん、釣りの方は来週大丈夫だと思いますよ」

「あれ、小西さんを誘ったとき、あの日の話しの勢いだと、どかどかと釣ってくるかと思ったのに」

女将さんは、おかしそうにケラケラと笑う。

石黒は、「焼酎ビンごと、おかわり。時の運、時の運」と繰り返し笑う。

「そんなこともあろうかと、毛色の違ったアラスカサーモンを仕入れて、ルイベにしといたのよ。最初のオーダーがサーモンなんて、二人ともサケだったらなんでもいいみたいな目つきで、下を向いて食べてたでしょう。面白い人達ですね。市場でアキアジも売ってはいたんだけど、それを買ったらあまりにも酷いと思ってね」

どうやら石黒だけが、ガツガツと食べていたわけではなかったようだ。店は十時近くになると、再び混み始めた。二人とも今日一日の疲れからか、来週の予定を確かめ合って、入ってきた客と交代するように店を出た。

小西は、ほろ酔い気分で店の三階にある自分の部屋へ戻る。パチンコ店アライズの前は、けばけばしいネオンサインが、これでもかと鈍い色でアスファルトに反射していた。

ガラスを通して店内が見える。その中にはホールで動き回っている若い店員達がいた。この前、客とのトラブルになりそうになった山崎が、店内で若い客と立ち話をしていた。小西は次の機会にでも、あまり客と個人的に店内で話をしないよう注意しなければと、そんな光景を横目で見ながら、酔った頭で従業員専用階段のドアをあけた。

今の若い子達は、自分の好き嫌いで物事を判断し文句が多い。その中でも山崎はしっかりしている方だと思っている。理由は、絶対的に遅刻と欠勤がないからだ。パチンコ屋でも、どんな職場であろうがその人間があてになるということが第一の条件。いくら仕事ができても休みがちゃ、当日欠勤をする者は長く続かない。自分が他人から与えられた仕事をこなすことがすべてと、勘違いしてしまう風潮は、きっと今も昔も似たようなものなのだろう。歳を重ね、それなりにいろいろ経験してくると、見えるものが多くある。若い子達には、まだ見えないだけなのだろう。

　店の裏口から事務所の階段を上り、二階の従業員控え室で水を飲もうと、スタッフルームへ入る。ちょうど倉庫から、閉店時の清掃道具を抱え、さっきまでホールで同年代の若者と話をしていた山崎がいた。小西の姿を見てちょっと頭を下げた山崎に、先程の注意する件は触れずに、

「あと一時間くらいで終わりか。山崎君は札幌市内の生まれだったよね。サケってなんて呼んでいるの」

　唐突に聞かれて一瞬、とまどったような顔の山崎は、

「え、アキアジですか。お袋も親父もアキアジって言っていますけど、なんですか」

「いや、この頃札幌市内の若い人達は、アキアジって呼ぶことが少なくなっているんじゃないかという話が出てね、ちょっと聞いてみたかったんだよ」

「主任、そのカッコ、今日の休み、釣りですね。アキアジ釣りですか。俺なんか行ったこともないな。アキアジなら、市内のはずれの川にいるから、網ですくえるんじゃないスか。わざわざ釣りに行かなくても、珍しくないスよね」

「うん。でもこの近辺のアキアジは、むやみに捕っちゃいけない規則があるらしくてな。だから浜益の海で、釣りをしてたんだけど、難しいものだな。今日は一匹も釣れなかった。来週はリベンジするよ。呼び止めて悪かったね、早くホールに戻って。ちょっと聞きたかっただけだから」

水を飲み、三階の自室に戻り狭い部屋の布団に包まれる前、なんとなく今日一日の体験からまだ気分が高ぶっているようだ。横になればすぐにでも寝てしまうんだろうが、なぜだかこのまま寝るのがもどかしく、テレビのスイッチを入れ、押入れに立ててある日本酒を引っ張り出すと、伏せてあるグラスを手に取りテレビを見ながら注いだ。

どうやら、その後の記憶はない。テレビで芸人達が、ゲームかなにかをやっている姿だけは覚えているのだが、気がついたときは全然違う深夜映画になっていた。テーブルの上の酒も飲まず、寝込んでしまったようだ。布団の中に入りなおすため、下着だけになりまだ酔っている体で布団にもぐり込む。

すすきのの駐車場まで行ってくれと言うと、タクシーの運転手はあまりいい顔をしなかったが、距離が近いことを無視して乗り込む。今日は、一日釣りと運転でだるい。体に無理をした上、酒と飯が疲れと眠さを誘っていた。

さきほど車を停めた同じ敷地内のビルの中では、ヒロシ達が集まって一杯やっているキャバクラがあるそうだが、何度誘われても今まで一度もドアをあけていない。しかし、ヒロシのグループの駐車場に、自分の車を停めたままにしておくのも考えものだと、ヒロシの携帯にタクシーの車内から電話をした。呼び出し音が鳴ると同時にヒロシが出た。

「ヒロシ君、石黒だけど、駐車場に俺のハイエースを停めさせてもらっているんだ。今日、車をとめる予定ある？　なければ一日置かせてくれないかな」

「やっぱり石黒さんの車だったんですか。さっき若いのが、見慣れない車が停めてあります、って電話してきたんですよ。知らない人間の車なら不味いので、車の中を見させたら釣り道具がたくさんあるって言うじゃないですか。もしかしたら石黒さんのじゃないかと思って、そのままにさせてありますよ」

電話口の向こうで『当たりー』とか『なんだ、誰だって』という声が聞こえた。きっと車の持ち主を当てる賭けでもしていたのだろう。石黒の趣味が釣りと知る者は多い。しかし、あまりコミュニケーションをとろうとしない石黒は、変わり者と思われている。特に若者からは年齢のギャップなのか、すすんで声をかけてくる者はなかった。

「車の鍵、掛けたと思ったが。すまないね、仕事絡みの飲み会があって携帯電話の電源を切っていたんだよ」

「あ、大丈夫ス。車の中を、荒らさせたりはしていませんから。車内の様子を電話で聞いて、そのままにしてありますよ。鍵もロックさせておきました。ほら商売柄、台鍵も車の鍵も作るのはお手のもんですから。それと明日、食事会のあとは仕事で函館方面に、みんなで出ますから車は二、三日停めておいてもいいスよ」

「すまなかったね。じゃ悪いけど明日まではそのままにさせてもらうよ」

「食事会なんですけど、たまには顔を出して下さいよ。明日もいつもの場所スから。自分も若いのが増えちゃいまして、新規の仕事のためにパチ屋探すのも大変ス。そのうち札幌でも、ガチッとした場所見つけないと、飯が食えなくなりそうですよ」

「そう、食事会の件はわかった。たまには顔出すよ」

石黒は、電話を切った直後ムカムカした。車の中を見られることはかまわないが、鍵まで作ってドアをあけたことに対してだ。ヒロシが自分で確認すれば、俺の車だとわかったはずだ。それを自分の抱える若い打ち子のせいにして、表面上は顔を立てるスタイルをとっているが、この先どうなるかわかったものじゃない。金回りも打ち子に対しても、今が一番いいという状況がなせることなのだろう。だいたい打ち子を使って、一日に打ち子がゴトで出した金の半分はヒロシが受け取っているという。ヒロシの仕事も派手になり、ゴト自体がやりにくくなるだろう。仲間を増やすことと、ゴト師としての仕事は、まったく違うものだということを、理解しているのだろうか首を傾げてしまう。

切った電話口の先には、駆け出し当時のヒロシの態度はまったく感じられない。石黒の気分は角の立ったまま。このままおとなしく帰るよりバーボンのストレートでも煽りたくなる。今の会話だけで、疲れも眠気も飛んだ。静かな『ポセイドン』の偏屈そうなマスターの顔でも見ることにきめた。

外を流れ去る景色は、空も街も暗くよどみ、自分を取り巻くすべてが、息苦しく咽喉を締めつける気がする。

「あら、いらっしゃい、小西さん仕事終わったんだ。これくらいの時間に入ってくる方がパターンよね。一昨日は忙しかったのに今日は、暇。早い時間はお客さん入っていたんだけど、十時過ぎてからは、一組さんだけだったんだから」

「そんなこともあるでしょう水商売は。あと一時間は、飲めるかな。明日は遅番だから閉店まで、飲んで食うか」

「お品書き、全部ありますよ。ご飯もあるから小西さんの好きな、サンマの土鍋ご飯もできますよ」

サンマの土鍋ご飯は、焼いたサンマの身を大きめにほぐして、これでもかというくらい多めに身を入れ、米と一緒に炊いたもので、あっさりした醤油味とサンマの大振りの身がホコホコしていて小西は好きだった。秋になると去年もここで食べている。茶碗に盛るとき、三つ葉を上に乗せ、シャキッとした香りが絶品だ。

女将さんは、今日は一緒に食べようと一方的に告げると仕込みを始めた。客がいないときにしかできない、常連との我侭なのだろう。自分の食事を客と一緒に食べるというのは、飲食店では滅多にしない。

そんな女将さんと話しながら、日本酒の熱燗を勧めた小西だったが、女将さんは自分で飲むから気にしないでくれという。小西は、金のかかるお酒を飲んで欲しいんだと、笑いながら注文した。そういう気分だった。これといっていいことがあったわけでもないのだが、なんとなくウキウキした。だからこそ手酌ではない酒を飲んでもらいたかった。きっとこれは理不尽じゃないだろう。

「そういえば小西さん、今週も行くくって言っていた釣り、予定たててあるの」

「ああ、次の水曜日に、石黒さんと待ち合わせだよ」

「『今度こそは』なんて、入れ込んで行くと、先週と同じ結果になっちゃうから軽い気持ちで行ってらっしゃいよ。私も何年か前、横浜に住んでいた頃には、気持ちだけが先走ってなにかやると、あまりいい結果につながったことはないから。ま、私の場合その延長線上で札幌に来たんだけど。今となっては、わずらわしいことがなくなって、平穏に生きていられてよかったと、この頃は思っているんですけどね」

「前から聞こうと思っていたんだけど、変な意味じゃなくて、男っ気がないみたいだよね。まだまだ若いんだから、もう一花も二花も咲かすことできるでしょうに。着物を着ているのは好きだからなの。いつも着物姿で店に出ているでしょ。だからなんとなく前から聞いてみたかったんだ。そうか。横浜から札幌か。私は東京から札幌。どんなところでも、住めば都か。誰でも過去はいろいろなことがあっただろうから、お互い様なんだろうけどな」

「私の着物は変？　これ昔、お料理屋さんで仲居をしていたときからのスタイル。着物を着ると、『よーし、これから仕事だぞ』って気合いが入るっていうか、お店ではどうもこっちの方がしっくりくるから」

サンマの土鍋が、泡を噴いて水蒸気を上げ始めた。女将は、くるりと後ろを向きガスのツマミを調節して細め、また小西の方へ向きなおり、

「私、若いときに調理師学校で資格を取ったんだけど、ここ札幌にきて初めていかせた気がするわ。まだ若いときに資格を取ったから。その頃は漠然と手に職をつけておこうと考えただけだったもの。

笑っちゃうんだけど、資格を取ったときなんか、実はまったくなんにもできなかったのよ。私の通った調理師学校は、課題や実習もグループ単位ですべてやることになっていたのよ。まだ二十歳の私のグループは、実家が調理関係の息子ばかり……で結果的になんでもやってくれるわけよ。私なんか、ただウロウロしているだけで、みんなグループのプロの卵達が作り上げちゃうから、レポートやレシピのまとめが私の担当みたいになっちゃってね」

女将さんは、ケラケラと笑っている。この笑いの中にはきっと思い出し笑いもあるのだろう。クスクスと笑っていたのが、だんだんケラケラと笑い始めていた。

「調理師の資格を取ったあと、私、オムレツやチャーハンぐらいしか作れなかったんだから。誤解しないでね、その頃は頭ではわかっているんだけど、体がついていかなかったのよ。そこまで必要性に迫られていなかったからかも知れないわね。まっ、その後も料理は、一時期まで任せっぱなしだったわね」

「面白い。一言では信じられないですよ。でもきっとみんな女将さんの前で、いい顔をしていたかったんでしょう。でも今カウンターの中や、調理場なんかを見ていると、できる女って、感じがしますけどね」

「そんなこと言って。今やっているサンマの土鍋は、私が半分食べようと思っているからサービスで出してあげるけど、そのほかはなにも出ませんよ。それ以外のご注文は、みーんな、伝票につけちゃいますから」

「だよね。少し持ち上げ方が、足りなかったか」

「そうかも。横浜で仲居をしていたとき、板場の人達に実践的な料理の要領みたいなこと、暇があると教えてもらったのが調理師学校より、ためになったかも。このお店をやるときには、すっきりとした飾り気のない、和食を基調にした軽い飲み屋さんにしたかったのも横浜の頃の影響かな。そこら辺からだと思うわ。そこら辺で、私もいろいろとあったんですけどね」

きっと調理人か店に関連した人となにかがあったのだろう、雰囲気からして間違いなさそうだ。それ以上は小西も聞かず、笑いながらビールから焼酎に変えた。


昼食会の場所は、常に札幌駅近くのホテル。そのホテル内にある会議室で、食事と酒をホテル側に用意してもらい、楽しみながら意見交換をする。もっとも、楽しい気分とは、ほど遠いものになることは多いいが。

空車のタクシーが何台も横をすり抜けて行くが、今日は歩きたい気分。ヒロシと、この頃出会う機会がなくなっている。小樽や苫小牧方面で仕事をしているのだろうか、ヒロシの使っている幾人か見知った打ち子の姿も見えない。

ヒロシが世話役の組関係者と、この頃、深入りしすぎていると感じてはいたが、なにも言うべきことではないし、そこまで肩入れする義理も必要性もない。駆け出しの頃からのヒロシも、組関係者の水口も知ってはいる。とはいえ今のヒロシとの距離は、ただの同業者というだけのつき合い。それ以上の関係は作りたくない。食事会だけの顔合わせで、仲よくやっていければそれでいい。仕事柄、情報交換はしているのだが、細かいゴトの方法を教えあうことはない。

ただし、顔役の水口達世話人に、ゴトを仕掛けている店だけは伝えておかなければ、セキュリティの緩い店に、ゴト師が集まってしまうことになり、なにかと仕事がしにくい。そのため高い食事会の会費を払って、ゴト師が店でダブらないように交通整理をしてもらっていた。今回のパチンコ店アライズの場合は、ヒロシに主任のいきつけの店を調べてもらったことで、暗黙の了解が取れているはずだ。

高い会費の中には、店の状況、以前のゴト師の仕事内容を、かいつまんで教えてくれる。客筋や店員の注意事項なども場合によってはある。セキュリティ面や、過去の警察沙汰になった事例などもわかっている限り情報提供をしてくれた。石黒が知っているだけでも、食事会の参加者は十六、七人いる。

グループの責任者やひとり打ちのゴト師も含めてだが、裏社会の義理、きまりごととして食事会には出席する。打ち子としてグループの責任者の下について、パチンコ台やスロット台で玉やコインを抜く係りのような者も含めると、五十人以上は存在するのではないだろうか。ヒロシ達のグループは今、札幌ではトップクラスの人数を抱え収益力を維持している旗頭だろう。そんなヒロシに対し世話役の水口は頭を撫でている。

若いヒロシ達のゴトは、店側が禁止しているリズムを体に伝える体感機を使用し機械の癖を利用した出玉を操作する方法や、店員からさまざまな方法で手に入れた台鍵を使って台をあけ、自分で高設定にいじったり、出玉の調製をする内側に設置されているロム自体を違法ロムに替えたりする。平台と呼ばれる羽物などはＩＣのチップを使って羽を狂わせる方法もとるという。常に羽が開きっぱなしになるので打っていれば、自然と玉は中央へ吸い込まれていく。パチンコ台の近くにある計数機を直接いじる者もいるらしい。また、玉を買うパッキーカードの偽造などだ。

ニュースなどで、時折報道される景品交換所が襲われる事件などは、強盗であってゴト師とはまったく違う人種だ。

物思いに浸り、散歩しながらホテルに着いた。ホテルのボーイがドアをあけてくれる。フロントへは向かわずに、エレベーターホールから直接小会議室へ向かう。時間はまだ少し早いようだが、石黒としては顔だけ出して会費の十万円を世話役の水口に渡すことだけで、食事会まで長居するつもりはなかった。小会議室の前には『札幌地域精密機械連合合同懇親会』と書かれている。いつもの通り、ふざけたネーミングだ。

ドアをあけ中に入り見渡してみたが、ヒロシはいない。既に水口の他七、八名の顔なじみがビールグラスを持って、真ん中に置かれたテーブルに集まってこそこそとなにやら話している。

「久し振りですな。ご活躍のようで、噂はときたまヒロシ君からうかがっていますよ」

「どうも、貧乏暇なしでして、ボチボチとやらしてもらっています」

水口の顔は笑っていたが、目はいつものことだが笑っていない。内ポケットから封筒に入っている会費を水口に渡しながら、

「しばらく顔を出していなかったので、申し訳ないと思いましてね。どうですか新メンバーでも増え

ましたか」

「いえ、あい変らず一緒ですわ。ま、ヒロシ君が努力家だからエリアも広げまして、こっちもパチ屋の調査で、てんてこ舞いですわ。うちのシマ以外でも頑張っているようですから、調整なんかで金がかかって」

「ご苦労様です。今日はこのあと、仕事が入っていますから中座しますが、なにかありましたら携帯の方へ連絡して下さい」

なにか話の続きをしたがっている気はしたが、水口と話してもいいことはない。むしろ面倒を背負い込むのが関の山だ。他のメンバーに目を向けながら、テーブルの隅に置かれているビールを、一口だけグラスに注ぎ咽喉に流し込む。部屋の片隅で、三人ほどの若者と飲んでいたメンバーの中でも古株の滝田が、

「石黒さん、このところ会いませんね。旅打ちでも掛けてたんですか。月に一回ぐらいは飲みましょうよ」

滝田は石黒に話しかけながら、部屋の隅に置いてある椅子に移るようなしぐさをする。この食事会は、始まる時間だけきまっているが、議長や司会というものはなく、ただ集まって会費を払い、必要な事項などは水口を通して個別にすべて調整するようになっていた。

ときたま、パチンコ屋内で同業者同士の打ち子が揉めることもあるが、ほぼ現場でその日のうちに解決しているのが実情だ。現場で揉めて喧嘩に発展し、調整役の水口が出て親方同士と話し合いを持

つということも今では少なくなっていた。この食事会の場面ですべてが調整されるのだ。これは力の論理を全面に押し出し、実行してきた水口の裏の組織力といえる。誰も逆らう者はいない。

「石黒さん、二年位前の一時期、ヒロシ君を打ち子で使っていたことがありましたよね。今じゃバリバリの出世頭みたいですが、ときどきは話などをするんですか」

「いや、駆け出しの頃にちょっと教えたくらいで、今ではほとんど顔を合わすことも少ないですよ」

「そうですか。ここのところ、元気な噂が以前より飛んでいましたから。そうですか」

元気という言葉はなにかあったのだろう。滝田もどちらかというと、俺のスタイルに近いゴト師だ。ときたま他のグループと組んで、デジパチという台で体感機を使い、ゴトをしているらしい。デジパチは、スタートに入ったとき、一定の周期で移動する数字カウンターから数値を取得する。この数値が大当たりの数値となれば、大当たりだ。この一定の周期であることを利用し、体感機という一定のリズムを刻む機械を用いて、大当たりを狙う。今では設置している店も少なくなってきた。

この滝田も、打ち子を使っているという話は聞かない。しかし石黒のように、常にひとりで仕事をするタイプでもないようだ。やはりここは楽しい場所とは言えそうもない。

帰るため水口に挨拶を済ませると、エレベーターホールへ足を向ける。小会議室の雰囲気から開放されると、気持ちが落ち着く。以前ならそんなことはなかったし、気にしたことすらない。

一階のロビーに着くと後ろから、先程部屋の中にいたヒロシと同年代の責任者が、石黒を呼びとめた。

「すんません。少し、いいスか」

「今から約束があるから、あまり時間はないけどなに？　長谷川君だっけ？」

「長谷部です。ヒロシさんのことなんスけど、この前、セットで足がつきそうになったの知っていますか」

「いつ頃？　聞いてないな」

セットという方法は、スロット台の内部にあるロムを、なんらかの方法で事前に入れ替え、実際に店では、打ち子が手順を指定された方法で打ち、大当たりするように仕組んだゴト。そのため、なんらかの方法を用いて台をいじらなければならない。台鍵を使用するか、工具で隙間からセットするための道具を内部に入れなければ完成しない。店内でその行為をおこなうとなると、かなり危険指数が高い。石黒は絶対にやらないゴトだ。

「なんでも水口さんが揉み消したらしいんですが、それ以来ヒロシさんと水口さん、なんか変なんですよね。俺にも『ヒロシと一緒に動いた方がいいんじゃないか』なんて、一本にまとめようとしているんですよ。今日だってヒロシさんきてないじゃないですか。どうも水口さんに言われて、遠征しているみたいですよ。俺の使っている打ち子と、ヒロシさんの打ち子が仲いいらしくて言ってましたから。石黒さんは食事会でも古株だから、ヒロシさんのこと知っているのかと思って」

「セットを失敗したのか。でも、パクられてないんだから、それだけだろ」

「いや、だからこのままだと水口さんの組に入る可能性もあるなんていう話も出てるんですよ。今のゴトのスタイルで俺ができるのなら、石黒さんと一緒にやらしてもらってもいいかなって思ったんですよ」

「おいおい、俺はそんなに金もなけりゃ、強くもない。自分で考えるんだな。悪いが今、俺のスタイル以上のことをやるほど、気持ちに余裕がないんだ。でも、相談してくれてありがとうな」

約束の時間があるといって、強引に話を切り上げた。なるほど長谷部も俺の様子を知りたかったのか。なにも知らなかったのは、俺だけってことか。でも不思議だな。今までならグループをバラバラにして、責任者を多く作り、少しでも個別の会費を集める方が、実入りが多くなって、それだけでいい金になるはずなのだが。なにかあるな。おそらく水口の野郎、組で独立する方向で若い衆集めでもたくらんでいるんだろう。それ以外、一本化するメリットなんかあるはずがない。

セットは、プログラミングされた基盤（ロム）と、自分達の作った改造ロムを取り替えて玉やコインを出すことだが、これは、組織的におこなわなければできない。セットロムが仕込まれる場合は、運送屋がメーカーから新台を運ぶときか、夜中にホールに忍び込んで、台をあけて入れ替える方法が一般的だが、ホール側の人間と組めば、営業中に堂々と台を二、三人で取り囲みロムを交換する手荒い方法もある。

ホテルからの帰り道、老婆心ながらヒロシと話をするほうがいいかと考えていた。今回のセットの失敗も、普段の会費を払っているのだから、その範疇の仕事だと水口にいえば、義理を背負わされることはない。水口のことだから、大金がかかり立て替えて払ったから、その分の埋め合わせくらいしろ。こんなストーリーで縛っているのだろう。そこら辺が若いヒロシは、理解できていないのだ。石黒はこの件を、自分から話して波風を立てることにでもなれば、矛先が自分の方に向くことだってありえるだろう。今は、ヒロシの考え方や動きを知ってからでも遅くはない。毎度のことながら楽しい食事会とは無縁のところだ。

自分のパターンに、はまってきたともいえるアライズ店主任の小西は、金を渡すという方法では落ちないタイプだろうということを石黒は感じていた。かといって家庭事情の泣き落としで、ゴトにつなげるスタイルも確率的に低い。脅しは、石黒のスタイルの選択肢に存在しない。今までのようなドラスティックな仕事としてのゴトの枠に小西は、当てはまらないような気がしてきた。むしろ、自分の気持ちがドライに動いてこない。

なぜか自分自身が利害関係を望んでいないようだ。過去になかった感情が湧き上がってきているのか、自分を取り巻く裏の世界が突出しすぎていて、これ以上足を踏み出させようとしていないのかもしれない。小西と先日サケ釣りに行ったときの感覚、小西の雰囲気がなんだか、昔からの友達のような感じがしてしまうのである。しかし、そんなことを考えても無駄。ゴト師の自分は、ゴト師としての仕事で接触しているという事実。自分の気持ちを今も揺るがすことはないと考え直す。

小西が、すすきので飲み歩いたり、女を追いかけたりという行為が皆無に近いのもきめ手を欠いている。遊びは金がかかる。到底パチンコ屋の給料じゃ遊べない。人にはウイークポイントと言われるところが必ずあるものなのだが、極端に小西の場合は見つけにくい。小西を誘ってサケ釣りに出かけてからは、意図的にアライズには顔を出していない。昼間や夜でも、毎日顔を出しているような不自然な行動は、小西を落とすまで、極力避けた。

その点ヒロシ達は、結構派手に店で暴れているようだ。店員に自分が打ちながら現場で声をかけたり、堂々と金をちらつかせて、買収や脅迫までしているらしい。店で目をつけられ、事務室に連れて行かれても、証拠がない限り開き直っているという。そんな噂も食事会で聞いた。そんなヒロシ達グループに対して敵対的な店には、顔が割れていない打ち子を総動員して、やりたい放題で玉やコインを抜く方法を取るという。一日で二、三百万は平気でゴトにかけるというから、店の経営者にとってたまったものではなく、恐ろしい。

そんなゴトをし、金のみが人間の価値を決定すると思っているだけの感覚を持つヒロシを、石黒は好きではない。

まして、こちらが年長だから頭を下げているというだけの、慇懃無礼な態度が、石黒には癇にさわる。そんなヒロシでも、顔役の水口が指定しているパチンコ店には入らない。他のグループと揉めたり、仲間割れしてまでのゴトはしなかった。

石黒は、もやもやと霧のかかったような、荒れた人間関係や生活状況ではあるのだが、自分が自覚している不器用なスタイルだけは曲げない。この自分が思い込んでいたい路線が、ついていきたくない時代になるのであれば、別路線も視野に入れ、この先を考えなければならない虚しさをいだいていた。ときたま自分の性格が許せば、すすきのあたりで大声を出して駆け回りたい衝動に駆られるときすらある。

釣り

よく寝た。夕方から午前一時半までグッスリ。釣り専用で、撥水性の強いズボンに穿き替え、体調万全の石黒は玄関を出た。自宅前の駐車場に停めてあるズングリとしたハイエースの暗く薄ら寒い運転席に座り、エンジンをかけ約束のアライズ前へ向かう。先週の待ち合わせ時間より三時間は早い。二時半までに店の前に到着すればいいので、約束の時間には充分間に合う。

もう何十年経つだろう、根室にいた頃はこの時間から船に乗り込み、沖に向かったものだった。今、海が商売ではなくなった。

すすきの近辺には、まだ夜から続く名残りネオンが光っている。それほどスピードを出さずに走る横の歩道には、フラフラと千鳥足で歩く者や、店からの帰りだろうホステスの赤茶けた髪の毛と嬌声があった。車内からガラス窓に映る景色は、虚飾の幻影なのかも知れない。

今日は、先週より時間が早いので小西もまだ店の前に出てきてはいないだろう。しかしアライズの交差点で予想は覆され、小西の姿がそこにはあった。若い男となにやら立ち話でもしているようだ。石黒の車に気がつくと、笑い顔を向けながら手を振っている。横にいる男も軽く頭を下げこちらを見る。小西は先日と同じベストを着た服装で、長靴を履き立っていた。

先週は釣行後『高井』で飲み、そのまま解散。小西の釣り竿はそのまま車に積んであった。今日の釣行がきまっていたこともあり、石黒が小西に釣りの予定がなければ積んでおいてもいいと勧めたのだ。小西の竿は、車内の屋根に作りつけた竿掛けに固定されている。立ち話をしていた若者と軽く手を振って別れた小西は、慣れたように助手席に乗り込み、

「おはようございます。今の男の子、うちの従業員でしてね。飲んだ帰りだったらしいんですが、私、一言多かったみたいで言わなきゃよかったですよ。こっちは、さっき起きたばかりですけど、奴は休みなもので、気分よく飲んだ帰りだったんですから。最後に水を差しちゃったようですよ。まさか私にあって、朝方の二時前に仕事のことで注意されるとは思ってもいなかったんじゃないですかね。失敗でした」

石黒は、小西の話を聞きながら、車を石狩方面へ出発させた。

先週と同じコースを通る。小西は仕事のシフトを早番にして昨日夕食を摂ったあと、早々に寝たという。石黒も同じだと、笑いながら言葉を返した。

「若い子達は、仕事に対する考え方が私とは違っていまして、店の仕事に慣れてくるとマニュアルはあっても、自分の判断を優先しがちなんですよ。ところで先週のあの場所《幌川》でしたっけ、今日はどうでしょうね。さっき待っている間ワクワクしてましたよ。なんとなく今日はいい感じがしてるんです。なぜでしょうね、先週一度行っただけだというのに、石黒さんから見れば私などは初心者のスタートラインに立ったばかりですけど」

「そんなもんです。釣りは出掛けるときが、一番胸を躍らせるものなんですよ。だからその感覚は、

全国どこであっても釣竿を出そうとしている人全部の共通な思いでしょう。でも今日は先週とは違って、私もいい感じがしてますよ。それはですね、この時間から行けば間違いなく朝マヅメの時間帯に間に合いますから。魚は、朝の日の出頃と、夕方の日の入り近くになると口を使いますから、マヅメ時は昼間より時間帯としてはいいですよ。あとは暗いうちに幌川の河口へ着くことを考えるだけです」

先週の朝は、石狩近辺にある建物や小高い丘から流れるような草原が見えていたのだが、今は空も暗く、ヘッドライトに照らされて浮かび上がるのは、規則的に切れ目のあるセンターラインと、前を走る車のテールランプだけがフロントガラスを占めている。窓を少しあけタバコに火をつけると、五センチくらいの隙間から流れ込んでくる風が冷たい。

九州方面では、きっと夏の終わり頃の陽気なのだろう。毎年のことながら北海道は寒さの訪れが早い。当然、春の訪れも遅く桜が咲くと同時に春の草花がいっせいに咲き始める。春と秋がもったいないように過ぎていく。この窓から流れ込んでくる風があと一か月もすると雪を運んでくる。十一月後半の声を聞けば間違いなくそうなるだろう。

「今週は、私に経費を出させて下さい。そうじゃないと気が引けてしまいますから。ましてコーチまでしてもらっているのに」

「そうですか。じゃ、こうしましょう。ガソリンが今、半分ですから途中のスタンドに寄りますので三千円ほど入れてください。コーチ代なんかいりませんよ。餌と仕掛けはガソリン代より安いですけど、昨日スーパーでサンマを安売りしていまして先週より豊富にもってきました。経費は小西さんのほうが少し多く出してもらうバランスかもしれません。今日もイカじゃなくてサンマだけです。これでも充分釣りになるでしょう」

世の中には、相手より少し多いくらいの出費に安心する人達もいる。気を使って金銭的に気後れしたくないのだろう。小西はこのタイプのようだ。石黒も、そこら辺のことは理解していた。が、このタイプは私生活の面で、堅実な人間が多い。

二時間弱で、浜益の町に出た。

浜益の町にあるコンビニに寄り、飲料水と朝用の弁当をそろえる。石黒は、もしかしたら釣り場を動けず、長くなる可能性があるから少し多めに仕入れましょうという。どうやら今日は釣れる自信があるようだ。

遠く山の稜線が墨を引いたように紫がかってきている。もう北海道の太平洋側では朝日があたっている頃だろう。まだ、こちらの日本海側では朝日の兆しがあるだけだ。しかし、あと三十分もすれば今以上に明るくなる。

そそくさとレジに並び、会計を済ませると車に乗り込み浜益からさらに北上した。先程のコンビニでも、客のほとんどはヤッケやベストを着て帽子を被っていた。どこから見ても自分達と同じ釣り客だろう。

コンビニから車を出してしばらく走る。前にも後ろにも車は走っていなかった。自分達二人だけが、暗い異次元の世界に吸い込まれていくようで不安すら感じる。車がスピードを落としたと同時に、白い《幌川》の看板が現れた。石黒は左に曲がる坂を、スピードを殺しながら下りる。しばらく走り、左側の海へ出る広い場所の先端まで行って車を停めサイドブレーキを引きエンジンを止めた。波の音だけが間近で聞こえる。

車から降り二人で後ろへ回り、リアのドアを上げ、自分達の竿を取り出す。あたりは薄暗く、波の音が聞こえるだけの場所で仕掛け作りをする。

小西は、まだ自分で仕掛けを作れるようにはなっていない。石黒は小西の竿を車内の上部から外し、仕掛けを先に作ってくれる。そのセットされた竿を手渡してから、次に自分のリールからラインを延ばし、竿のガイドに糸を通していた。仕掛けのタコベイトを左手に持ち、車から少し離れたところで竿を長く伸ばし、石黒は十センチほどのプラスチックのタッパーを小西に渡す。

「中には切り身にしてあるサンマが入っていますから、これを使ってください。この前のように餌をつけるためだけに、釣り座を移動するのは嫌ですから。今日は、小西さんの着ているベストのポケットに入る大きさのタッパーに移してきましたから、常に持っていて下さい。釣る場所がきまったら、そこから動かなくてすみますよ。仕掛けでなにかあったら声をかけて、私は隣でやりますから」

隣で釣りをするといっても、少しは離れるのだろう。でなければ、餌を常時身につけておく必要はないはずだ。

小西は車の後ろで竿を伸ばしセットする。少し離れた位置には薄暗い中、既に二台の車が停まっているのに気がつく。あたりは先程から、だんだん薄明るくなってきている。その車は、石黒と同じようなワンボックスカーとジープ。

ぼんやりと今通り抜けてきた道の方向から、帽子を被った年配の作業着姿の人がまっすぐこちらにやってきた。

「おはようございます。駐車料金を集めております」

ノートを片手にナンバーを控えているようだ。料金は一日停めていても五百円という。石黒に相談するまでもなく、小西は支払いを済ませた。ちらっと見た石黒は、

「すみません。どこでも、だいたいそんなものです。料金のことですよ。じゃ、行きましょうか」

海岸の方へと、二人はゴロゴロと転がっている大きな石に足をとられないように下りていく。右側には、先日見た《幌川》が、ちょろちょろと流れている。先週見たときとまったく変わっていない。

河口中央の位置には、薄暗がりの中、ふくらはぎ付近に川の水を受けて、既に三人の釣り人が竿を振っている。

既に竿を出し釣り始めていた先客より、中央からやや左側に石黒は立ち入った。足元を確かめると、二十センチほどの深さがある川の流れが、長靴にゆったりと水圧を加えてきた。それほど強い流れではない。河口全体に広がった幌川は、扇の姿で谷川の水を払い出していた。

川の水を背にして、正面に見える海はボーっと、薄明るく水平線を照らし始めた。完全に明るくなったとはいえないが、自分の立っているあたりになにがあるかは、充分把握することができる。ここは

海を正面に見て、波が崩れたあと最後に小波が寄せて来る場所で、振り返らなければ目の前にはなにもない。石黒の左側に立った。

「小西さん、もう少し左側に離れた方がいいですよ。この前やったように、真上から投げてください。強く投げたり、遠くへ飛ばす必要はありませんから。餌だけはしっかりとつけて、前方二、三十メートル、波の持ち上がりを目指して、コンスタントに繰り返し投げてください。サケのあたりはオスとメスの差や、釣る場所の差でも変わってくるようですけど、なにか魚のアタリらしきものを感じたら、すぐにあわせてみて下さい。竿をこうするんです。針掛かりしなければ、自分の感覚で何度でも、サケの口元を想像しながら合わせるんです。タイミングはワンテンポ遅らせるような感じです」

石黒は自分の竿を、竿先が斜めから垂直になる胸元まで、ビシッと合わせる真似をして小西に見せた。横に引く方法もあるそうだが、なぜかここでは縦に合わせる方法を教えてくれた。

「さ、やりましょう。そのうちにわかりますよ。今日のこの様子なら」

無言で小西はうなずく。最後の言葉が引っかかったが、きっと奴らはいるのだろう。石黒にはなにかが見えているような言い方だ。

小西は学生の頃から目はいい。既に明るくなり始めた波を見ていたがなにも見えてはいない。よく海釣りでは、鳥山があるとその下に魚がいるというが、鳥は一羽も飛んでいない。石黒は運転するときに、かけていなかったサングラスをしていたが、ときたま小西の方を向いて顎をしゃくっている。なにが見えているのだろう。不可解だ。

石黒に教えられた通り、波が岸に近づくに連れて盛り上がってくる部分に、仕掛けのタコベイトを放り込んだ。タコベイトのすぐ下についているサンマの切り身は海中にあり見えない。見えているのは、真っ赤な浮きだけだ。

タコベイトのすぐ上、約五十センチ付近についている赤い丸浮きが波に揺れている。隣りをときたま見ると、石黒は、何度も繰り返し投げては、リールをゆっくりゆっくりと巻き取っている。小西のように投げたままにしていない。小西も真似をした。

足元を流れる川からの水は、緩やかに波が寄せて来る正面へ注ぎ続けている。

右側で投げている石黒の向こう側には、先程より人が増えたようで、人影が五人くらいになっていた。

小西の左側に入って、竿を出そうという者は今のところいない。

小西の左側。後方には大昔、桟橋があったのだろう、木でできている支柱が朽ち果てて立っていた。小西の立つ場所から左側十五メートルから向こうは、大人の腰ぐらいの高さがある大きな石がゴロゴロと転がっている。この釣り座としての足場は、ぎりぎりのところなのだろう。小西の左側で竿を出そうとすれば小西が邪魔になるし、左側で安定的な場所を確保しようとするならば、五十メートルは離れなければ、桟橋の残骸と大きな石が邪魔で竿が出しづらい。そうすると必然的に河口から払い出している真水からは遠ざかってしまう。

石黒は、場所の選択時で小西をいい場所であり、尚且つ他人が入りにくい場所を教えてくれていたのだ。しかも自分は隣で小西の面倒も見られるようにと、口には出さないが気を使ってくれたのだろう。もしかしたら、初心者の小西が人に迷惑をかけないような配慮だったのかも知れない。

そのどちらでもありがたく、自分のペースでゆったりと竿を出せることに変わりはない。

隣の石黒からも離れた場所で竿を出している人が動いている。距離にすると七、八十メートルはあるだろう。既に明るくなってきた朝の空気の中で、遠くの釣り人の竿がUの字型に曲がっている。気になった。その姿が気になって仕方がない。

その動作を目で追いかけながら、自分の竿を投げては、仕掛けを巻き取り続けることを、繰り返す。目で追いかけていたその釣り人は、自分の体を一歩二歩と後退し始めて、竿が曲がったまま、足元に水気のまったくない場所まで下がってしまった。波打ち際には体を横たえたサケがパタンパタンと跳ねている。そこまで後退してから、やっとサケの近くに戻った。サケの尻尾を手にして隣の人となにかを話している。

初めて見た。海から釣り上げたサケを釣り人が取り込むまでを。隣の石黒は、小西に向かって、

「ネッ」

なにが、ネッなのかわからないが、「釣れるよ」とでも伝えたかったのだろう。

小西の手にしている竿は、幾度となく波の盛り上がる場所へ振り出されて、そのあとゆっくり、ゆっくりとラインを巻き、白く波が崩れ、岸へ向かって泡立つ波に仕掛けが揉まれ巻き込み始めてから手元へ仕掛けを戻す、という繰り返しだ。

何十という繰り返しの中、竿を伝わりコツとなにかが当たったような気がした。

それだけだった。

手の平の中で握る竿尻を意識するも、心の中で『あれっ』という感じはあった。しかし竿を立ててあわすことも、リールを巻くこともなく、そのまま餌を動かさずにいた。まったくアタリのようなものがなかったので、また手元までゆっくりとリールを巻く。手元まで戻ってきたタコベイトの下についていた餌は落ちたのかついていない。イカ餌と違って、さんまの切り身は針についている時間が短い。所謂、餌持ちがイカに比べて悪い。当然、何回もさんまの切り身をつけ替えることになる。小西はまた、同じ場所へ餌を投げ入れた。

朝一番で最初に投げたとき、リールから出て行くラインのタイミングを取るのに手間取ったが、今は充分に思った場所へ、投入することができるようになっていた。先週の練習の成果だろう、体が思い出すのも早い。

またも、何度目かの投入後、ゆっくりと引いていたときだった。先程と似た感触が、竿を持つ手に伝わってきた。それは小さな感じでチョンというものだ。

サケという魚は、もの凄く大きい体をしていて小西は、ドカーン、グイグイ、というアタリを待っているのだ。また、コツ、となにかが竿の芯の部分を触っているような気がしたが気にせず、今度もゆっくりと仕掛けを、引き戻しリールを巻いた。

コツ、とした感触のあと、突然、竿を押さえていた手の平と指の先に痛いほどラインが張った。なんだかわからないが頭が真っ白になる。竿の真ん中部分は、丸くしなっていた。竿の先から真っ直ぐに目の前の海に向かって、ラインがピンと張って延びている。

『きた』、これがサケ。リールを巻くことなんかできやしない。両手で竿を握ってどうしようかと思ったときにフッと軽くなった。リールを巻いたが、先程まで繰り返していたようにスルスルと手元へ戻ってくる。気がつくと後ろに石黒がいた。

「小西さんいいですよ。それでいいんです。あいつら体の割りに、アタリが繊細なんですよ。バクッと喰う方が少ないでしょうね。今みたいになったら、しっかりと針掛かりさせるために一、二回は思いっきり竿を立ててください。しっかり針掛からないと、外れやすいんですよ。それだけを気にしてやっていれば、必ずアタリがあったときには釣り上げられますから」

　言い終えて、自分のいた場所に戻るのかと思ったら、石黒は小西に近づいてきて、自分が掛けていたサングラスを外すと、小西に「掛けてみて」と渡した。意味もわからずに小西がサングラスを掛け、石黒のほうを向くと、

「違う、違う。私の方を見るんじゃなくて、しばらく海を見て」

　小西が今まで投入していた付近の海を見ると、波と波の盛り上がる部分の中に、スーと動く黒い影が点々と見える。肉眼で見ていたときと違って、海から乱反射されてくる朝の光をカットしているのだろう、サケが、波間を泳いでいる。

　素晴らしい光景だ。このまま見とれていたい気にすらなる。

　なごり惜しいが、石黒にサングラスを返す。

石黒は、これは『偏光グラス』といって、釣りをするときは重宝すると言い、先程まで投げていた自分の場所へ戻っていった。偏光グラスを返した小西は、先程と同じ動作を再び繰り返す。さっき見たサケの泳ぐ姿があった場所へ、何度も何度もキャストを繰り返した。

海岸周辺は既に、午前の朝の光が輝いている。波は、小西に向かって繰り返し寄せては盛り上がり、そして砕ける。

波のトップ部分が砕ける寸前、光る向こう側の青い空の中、黒く長い影がスーと流れるのが偏光グラスをかけていない自分の目でも見ることができた。

小西は感動する気持ちと、冷静な動作で、何度も繰り返し餌を確認しながらキャスティングする。サンマの切り身は、それほど強くなく身切れしてしまう。餌の確認だけはまめにした。

自分の立つ横の浅い場所でサケが跳ねている。よく見るとサケは釣り糸に引かれて、自分の立っているすぐそばの浅い場所まできていた。

後ろを振り向くと、石黒が流れ込む川の岸まで後退して、笑いながら丸くしなっている竿を持ちながらリールを巻いていた。すぐ近くでサケが暴れるまで小西は気がつかなかった。浅い河口部で暴れるサケと距離を詰めた石黒は、腰にぶら下げていた木の棒で頭を叩いて弱らせてから岸に上げ、針を外している。

あれだけ暴れるのなら当然だろう。小西は石黒の元へは行かずに竿をキャストした。今が釣れるタイミングなのだということが理解できた。何度もキャストを繰り返していると、竿に先程のコツ、とした振動が伝えられてきた。少しだけ軽く合わせてみる。そしてゆったりとリールを巻いてみた。突然ラインが張った。

自分の手の中から竿が海に向かって飛び出していくような、腕が持っていかれるような感触が体全体を貫く。その直後、尾びれだろうか水面を叩き、まるで挑発するかのように小西をパニックに陥れようとしている。リールを巻き上げた。数回リールを巻いてみたがすぐに動かなくなってしまう。リールが逆回転をして、ジッジーッと逆に出ていってしまう。石黒が車の中で、ここへ来る途中に話したことを思い出す。

『針掛かりしてサケが走るときがありますけど、放っておけばリールが勝手にその力加減を調節してくれますから。しっかり竿を持っていれば大丈夫ですよ』だった。

あとから知ったのだが、リールに内蔵されている優れもののドラグ調整をしていても、竿の上げ下げで魚とやり取りをしないとダメだということらしい。今の小西は、両手で竿をしっかりと握り締めているだけでなにもできない。見よう見まねで後ろに下がろうと一歩足を下げたとき、

「慌てないでいいですよ。まだ下がっちゃダメです。もう少しそいつが弱ってから下がらないと、ハリスが切れちゃいますから。大丈夫です。ほらラインが出て行く音が止まったでしょ。竿を立ててください。ラインを緩めないようにして。ゆっくりと、リールを巻いてみてください。少しでも巻けるようでしたら後ろに下がって。ゆっくりとですよ」

今暴れていたサケが嘘のように、竿全体に重みをかけながら岸の方へ寄ってくる。石黒は「竿を立

てたままゆっくりと」と言いながら、ラインの先の方へ歩いていく。

ラインの先を見ているのだろう、ラインの直線から四、五メートル先でラインが海に消えている場所を見ている。顔はラインの先を見ながら、手は小西に向かって後ろに下がれとあいずを送る。石黒のいる場所は、波が砕け終わり寄せ始める場所で浅く、膝下ほどの深さだろう。

ラインの先が石黒の近くに来たとき、ラインを手で引っ張り、波打ち際まで近づいてきた鮭の頭を小ぶりの木の棒で叩いた。そのときまで小西の竿は曲がり続けていたが、石黒の手がラインを持ったときサケの抵抗感がなくなった。リールを巻きながら前に歩いていくと石黒が満面の笑みで、

「やったじゃないですか。小西さんが始めて釣ったサケですよ」

ペンチのようなもので、口から針を外し、尻尾を握り小西にサケを渡す。頭を下にしたサケは弱っていたが口と体をまだ動かしている。小西はサケを受け取ると、あらためてサケのずっしりとした重みを感じ、銀色の体からは、水滴が滴り落ちていた。

石黒は、自分達の乗ってきたワンボックスカーと釣り場の間に少し大きめのクーラーボックスをいつの間にか用意していた。手の合図は、そこの中に入れろということらしい。入れたらすぐに、釣り再開だ。

この光景はなぜか、スローモーションで流れている錯覚を受けた。しかし、手と肩にはまだサケの重みが残っている。

「まだまだ、今日は上がりそうですよ」

ドキドキした気持ちのまま、竿と仕掛けを確かめてから、タコベイトの下に再びサンマの切り身をつけ、気分はまだ高揚していたが釣竿を水平線へ向かって投げ入れる。

わずか二、三十メートル先に寄せて盛り上がる波の中にサケの姿がまだある。どれほどの数のサケがここにきているのだろう。

この《幌川》河口は、けっして恵まれている場所ではないだろう。先週見た浜益川は川幅も広く、上流までの水量が豊富であった。しかしここ幌川は、水量も豊富とはいえない。まして、河口の水深も二十センチ足らずの場所でさえある。岩が、そこかしこの場所に転がっていて、遡上するため川の流れに乗るまでが至難の技だろう。

それでも今、この川を目指してサケが遡上しようと河口付近に集まってきていた。

石黒が、また、掛けた。腕と一体になったような竿が凄いしなりで弧を描いている。その場でやり取りをしたあと、やはり後ろにゆっくりと下がりながら、竿とリールで調子をとって、体全体を反らせ、浅い足元へ寄せて取り込む。打ち寄せる波にサケを乗せながら、竿全体を動かしているのがわかった。

朝からなにも食べていないのだが腹が減らない。なぜか釣りに夢中。昨日の夕食を食べて以来、なにも食べていないのだが不思議なくらいに減っていなかった。

時間は、もうすぐ八時。

今日は、周りの釣り人も何本か上げているようだ。たまに竿がギューンと、しなっている姿を目にすることができた。この場所で釣りをしている人達は群れにあたったのだろう。

遠く近くで、サケを掛けた人の弾んだ声が聞こえてくる。見知らぬ釣り人が笑いながら話している。聞き取れないような言葉も、自分が一本上げたということからか、聞き耳を立てて理解しようとする余裕まで生まれていた。

小西の後ろを、二人の釣り人が左側の離れた海岸へ入って行く。大きな石や人の頭ほどの、石が散らばっている、ゴロタ場という場所で、短い竿を持って歩きながらルアーを投げているようだ。サケ釣りは、人によって好き嫌いの仕掛けや方法はあるというが、いろいろな仕掛けが場所や人により存在するのも面白い。

小西の竿にまたアタリがあった。ほんとに驚くくらい、サケという魚のアタリは小さいようだ。あれだけの巨体にもかかわらず、コツンとかクックツとかモゾモゾとした感じで、竿を握る手に振動を伝えてくる。浮きも、ピョコタンと何度も動いたあと、斜めに引っ張られるような動きを見せた。

小西はここだと思ったとき、力いっぱい竿を立ててあわせてみたが、タコベイトだけが海面からすっぽ抜けて空中を飛んできた。今のアタリは間違いなくサケのアタリだと、確信したのだが針が掛からない。すっぽ抜けた仕掛けは、小西の立っている場所を通り越し、後ろへ飛んでいた。これは強く合わせ過ぎだ。仕掛けを確認して、またキャストする。

同じ場所に投入して浮きを見ていた。どれほど時間が経過したのかわからないが、先程と同じようなあたりが、再度小西の手の中に伝わってきた。浮きがトロトロと横に動き出した。小西は少し待った。それを見ていると長い時間が経ったような気はするが、五秒も経っていないだろう永遠の長さだ。

浮きの頭が激しく動くようになってから、力を込めて竿先を上にピシッと合わす。

今度は針が掛かったようだ。反転を繰り返して暴れている。ズシッとした重さが手の平を圧迫して、またもや左手一本では持ちきれなくなってしまい、片手でリールのハンドルを回そうとしていた右手も竿を握り、両手で竿を腰だめに固定した。

サケが、その場で暴れることをやめ、弱るまで見ていたが今度は先程とは違い、リールのラインが徐々にだが、チリッ、チリッと巻ける。竿を頭の上まで引っ張って下ろすとき、その分をリールに巻きとる感じでサケを近くへ寄せる。

そろそろ近くに来たんじゃないかとタイミングを計り、今度は自分の体を岸の方に後退し始めた。

石黒が近くで立って頷きながら見ている。

「それでいいですよ。無理はしないで」とか、

「寄せてくる波に乗っけて、ゆっくりと岸に近づけるんですよ」

アドバイスの声を掛けてくれている。最初に一本釣っているので気持ちの上では先程と違い、頭の中が真っ白になることはない。

「針を外すときは、怪我しやすいですから、その場で叩いて絞めたほうがいいですよ」

石黒が腰に差していた棍棒を渡してくれる。サケを波打ち際まで引いてきて足元まで引きサケの頭を木の棒で叩き終えると、石黒が近寄りラジオペンチのような先が細長いものを貸してくれた。どうやらこれで針を外せということらしい。自分でなんでもできるように教えながら見守ってくれている。

しっかりと口に掛かっている針を外した。今度のサケは先程よりひと回り小さい。口をパクパクと動かしていたが、体を揺するほどの力はなさそうだ。尻ビレの上部分を持ち、後ろに置いてあるクーラーボックスに入れようと蓋をあけた。なぜか既に四本のサケが入っている。小西は石黒を見ていたが、自分の釣った分を足しても一本多い。石黒が釣ったことがわからないくらい、自分のことだけ真剣に浮きの動きや感触を追いかけ、集中していたのだろう。

「小西さん、一服しましょう。飯を食いましょう。腹、減りませんか。私はもうだめ、腹減って」

「そうですね。今まで舞い上がっていたんですが、私も少し疲れました」

「小西さん、そこに四時間も立ったままでいるなんて凄いですよ。私なんかときたま後ろでタバコを吸っていたんですけど、気がつかなかったでしょう。一息入れてから、またやりましょう。今度は、メスが釣れるといいですね。さっき私が一本だけメスを確保しましたけど、今のところオスが多いですから」

「そんなに時間が経っていたんですか。もう九時過ぎ。そりゃ咽喉も渇くし、腹も減って当然ですよね。メスって、ああ、イクラ」

腕時計を見て、小西は改めて立ちっぱなしの自分に疲れを感じた。このあまり広くない《幌川》河口付近にいる釣り人達は、川を挟んで、既に三十人ほどになっていた。今まで釣っていた場所と、車との間に置いてあるクーラーボックスで、冷たくなった弁当を開き二人は一息つく。

既に駐車場にも十台以上の車が停まっている。石黒はなぜか、小西の竿と自分の竿、それともう一本の竿を、仕掛けの下に餌をつけずに、海面へ向かって投げ込んだ。目の前に三本の竿が立った。

「こうしとけば、私達が置き竿で釣りをしていると思ってほかの人が入らないんですよ。今日の様子で、これ以上混むと、今釣っていた場所がなくなりますからね。せめてこの狭いエリアだけでも確保しときましょう」


駐車場の車の間を縫うように、二人が食事をする近くにレンタカーナンバーの乗用車が停まった。中から若い男女が降りてくる。トランクから釣り道具とロッドケースを出して、小西達が休んでいる場所の、すぐ後ろで仕掛けを作り始めた。

二人とも、二十代後半のような感じ。男のほうが食事中の二人に
「どうですか、釣れましたか」と聞いてきた。

小西は優越感に浸りながら、大型クーラーボックスをあけて見せてあげた。隣でラインを延ばし、仕掛けを作り始めようとしていた女性も、顔を向け乗り出してきた。

「スゴーイ、やっぱり北海道は違うわね。私達も早く竿出そうよ」

二人は近くで仕掛けを作り始める。手を動かしながら、女性が男性に向かってなにか言っている。しぐさを見ていると女性のほうが手馴れているようで、リールに巻いてある道糸を伸ばし、赤い長めの浮きを固定し、先糸の結び方を男に教えているようだ。

「東京湾の鯛釣りでも、船でも陸（おか）でも、糸の結び方の基本は同じなんだから」

「だからね、周りの人を見ると、直結の方がいいんじゃない。サルカンを使わないときの、道糸と先糸の結び方は、こうやった方がいいと思うわよ。せっかく北海道まで来たんだから、一匹はサケをあげたいじゃない。だからせめて仕掛けの基本は覚えとかなきゃね。周りの人の仕掛けも、参考にさせてもらって」

どうやら旅行で、サケ釣りに来たカップルのようだ。

話の感じだと東京湾が、と、聞こえたので、東京湾で普段は釣りをしている人達なのだろう。この時期のサケ釣りを目的に、全国から釣り好きが集まってくるのも北海道だ。弁当を食べ終わり、石黒はタバコをふかし、

「小西さんどうですか、頭で考えていたのと違うでしょう。他の魚とのアタリの差がわからないかも知れませんが、サケというと、イメージ的に大きいものですから最初はアタリもでかいと勘違いしてしまいがちなんですよ。それほど、特筆すべきアタリじゃないんです。ですから本州の南の方で、ブリを狙っている人達なんか、違いすぎるんで驚くようですよ。根本的に、青物と違うんです。形状はそっくりですけど。さっき左のゴロタ場のほうへ、竿を担いで行った兄ちゃん達が二人いたでしょう。あいつらきっと、ルアーで狙っているんですよ。小西さんに雑学で教えちゃうと、ルアーはゆっくり引っ張って来ようとしても、海に投げ込むと金属だから沈んでいくでしょ。でもサケにはゆっくりの方が、アピール度がいいんです。ですから、ゆっくり引いてくると海底をずるずると引くことになっちゃうんです。それでタナ、深さね。タナを一定に保つように、浮きをつけて同じタナの深さで探れ

るようにするんですよ。それを浮きルアーというんです。それだとゆっくり引いてくることができるでしょ。ルアーだけじゃなくて、フライを使う人もいるらしいですよ、私は、見たことないですけど。だいたい河口付近のサケは、あまり貪欲な食い気はないはずですから、目の前に餌を垂らしてやって、食い気を煽るんです」

小西は、石黒と知り合うことができてよかったと思った。つい一か月前まで、こんな感動を味わうことは考えられなかった。それも、釣りに誘うだけじゃなくて、アドバイス以外でも気を使ってくれている。

仕掛けを作る手を動かしながら女性が、今の話を聞いて、

「そうなんですか、ガツンとくるアタリじゃないんですか」

「え、ああ、アタリは時期や場所、例えば船を出して沖で狙うときや、ここのようなサーフ（砂浜）から狙うときなんか少し違うようですね」

「ここのサケは、どんな感じですか」

「そうですね、十センチ位の魚が浮きを引っ張るときみたいに、コツコツって感じかもしれないですよ。ただし、針掛かりしたら、ドカンと何回か暴れますから面白いです」

石黒は、女性と続けて話をしていた。小西は、横で見ていた男の方へ、

「私、札幌からきて、今日初めて釣ったんですけど、凄かったですよ。まだ、腕にさっきの感触が残っていますから」

初心者らしきその男は、仕掛け作りを女性に任せたまま、頷きながらクーラーボックスをもう一度見せてくれと、その目は羨ましさの塊だ。もっぱら石黒と話すのは、仕掛け作りのため手を動かし続けている女性の方。

「今『時期だ』って、千葉の竹岡にいる釣り仲間に聞いたんです。前々から一度は、北海道のサケを釣ってみたかったんです。考え始めたらもう我慢ができなくなって、釣竿担いで彼氏と来ちゃいました」

「ずいぶん地元では、釣りをしているみたいですね」

「いいえ、そんなこともありません。子供の頃から東京湾で鯛釣り船に乗っていましたから、好きなので慣れてるだけです。でも七十センチも八十センチもある、あの大きなサケの引きは、一体どんなものなんだろうって考えて、こっちの情報を集めるだけ集めて、ここまで来たんですよ」

「よっぽど、好きなんですね」

「私『イクラ入り』のメスを、ぜひ釣りたいんです。だってイクラなら冷凍もきくし、どんなに大量にあっても嬉しいじゃないですか。それに、自分で釣ればタダなんだし」

「ここで釣っている人の、大部分は同じ気持ちですよ」

「ところで、遡上のために岸に寄ったサケはエサを食べないって言いますけど、大丈夫みたいですね」

「だから、こんなに目立つタコベイトを使って、餌までサービスでつけているんです。食欲のないサケを誘うためにね」

女性は、仕掛けを作り終えると石黒に頭を下げ、横で見ていた男と一緒に竿を片手に海岸へ向かい下りて行った。

河口部の釣り場は、次々と新しく来た人達で釣る場所が狭まってきている。朝方の静寂にも似た、涼やかな雰囲気とはまったく違ってきた。河口部から流れてくる真水を足元に感じながら釣り人達は同じように海岸線に並び、竿の先からラインを海へ投げ入れている。

見ていると、横に並んだ人の中で動きがまったく違う人が時折いるが、その釣り人は、真っ直ぐに伸びている周りの釣り人の竿と異なり、Uの字型に竿がしなっていた。自分がやっていたように、しばらく、やり取りを繰り返したあと、真っ直ぐに後退してサケを取り込む。取り込み方も木の棒などで叩くことなく、足元近くでネットを使い、網の中に入れている者もいた。

十時を過ぎると、駐車場でも人が動き回る姿が頻繁になる。

先ほどのカップルが、サケを上げている姿が見えた。どうやら女性の方が釣り上げたようだ。男の方は、ネットで足元近くで暴れているサケを取り込むため、何回かネットを振り回し、苦労しているようだ。

「小西さん、『高井』の女将さんにお土産ができましたね。今日は店に早出してもらいましょうよ。ほら女将さん、言ってたじゃないですか。もしも釣れたら夕方、料理してあげるから電話してくれって」

「そうですね、やっぱり釣れた事実は大きいですね。午前中いっぱい釣りをしたら、少し早く戻り『高井』に行きましょうか。夕方前から飲み始めるのも、たまにはいいでしょう。どうですか。それとも時間を気にしないで夕方まで粘って、釣れるだけ釣りましょうか」

「イヤ、小西さん、それは止めておきましょう。夕方までいればクーラーボックスに入っている倍くらいは釣れるでしょうけど。もし釣って持ち帰って誰ももらってくれなかったら、無駄なサケになっちゃいますから。これから午前中いっぱいやって、オスはキャッチ&リリースしましょう。メスは逃がしませんけどね」

石黒は笑っている。やはり常識的ないい人だ。

「石黒さん、メスってすぐに見分けられますか」

「簡単ですよ。さっき小西さんが釣り上げたのが二匹ともオスですから、違う姿の奴がメスですよ。顔を見れば絶対にわかります」

またも、石黒はニコニコと笑っている。

確かにそうだろうけどと思ったが、石黒の上げたメスを確認しておきたかったので、クーラーボックスの蓋をあけた。オスは顎が突き出して精悍な感じだが、メスはそんなことはない。オスと比べると、のっぺりとしている。確かにこれなら足元まで寄せてサケの顔を見れば判別できるだろう。

石黒は海岸へ下りて、立てたままにしておいた自分の竿を引き抜くと、少し左側へ移動する。そこは動きづらい場所で、桟橋の残骸あたりに進み、立ち込んだ。さっきまで竿を出していた場所のすぐ隣まで、既に他の釣り人が入っていた。釣り座の足場は悪いが、小西を手招きして呼ぶ。自分の竿を手に取り、石黒の近くまで歩くと、石黒は腰よりも高い岩の上に両手をかけて登るところだ。岩の周りには、海水が取り巻いているのだが、岩に登るには、長靴でどうにか濡れないですむギリギリの深さだろう。

小西が近づくと、石黒の位置から五メートルほど左、同じ程度の大きさの岩を指差している。

小西も真似をして、指示された岩の上に持っていた釣竿を先に置き、隣の不安定な岩の上に登ろうと岩の角に足を掛けようとした。岩を取り巻く波で、底近くが、えぐられていたのかも知れない。飛び上がろうと、岩の下へ一歩足を踏み出した。が、目算を誤る。右足の下は二十センチほど深かった。長靴の中にまで海水が入ってきてズボンまで濡れてしまった。それを無視して、岩の上に登ると海面はちょっと下に見える。

「ごめん、ごめん、足、大丈夫だった。長靴の中まで水、入っちゃったでしょ。この場所なら、投げ終わってゆっくりと引いてもいいし、安定はあまりよくないけどベタッと座っちゃえば、竿をそのまにしておけるから、楽だと思ったんだ」

「いや足は大丈夫ですけど、冷たいんですね、水。さっき手を洗ったときも冷たいとは思ったんですが、足まで洗うとは思ってもいなかったから。でも、冷たいですよ」

岩の上に登って長靴を脱いだ。一瞬濡れただけで、たいしたことはない。ズボンも膝上が少し濡れただけだ。濡れた違和感で気持ちは悪いが、考えないようにタフガイを気どることにした。

岩の上で足場を確保し、右側にずらっと並んで竿を出している人を、少し低い位置に見ながら竿を振った。自分と石黒の立っている岩の左側にもパラパラと釣り人がいて、安定した足場でラインを海の先に潜らせている。
二、三十分、先程のようにキャストを繰り返していたが、アタリがない。そんなすぐ、たて続けに釣れるものではないだろうが、海の感じがさっきとは違う気がする。波間には、たまにスーと動く影は見えているのだがダメだ。隣で竿を出している石黒が、
「口を使わなくなっちゃいましたね。たまにコツコツと当たりはあるんですけど、針掛かりしませんね」

自分の感覚と、同じだったことが少し嬉しかった。しかし、右側の釣人達の中には、ときたま竿がU字型に、しなっている人もいる。

朝より、潮が引いていた。さっきまで立って釣っていた場所は、朝一番で竿を出したときよりも、他の釣り人は、釣る位置を前に出し釣っている。この岩の上に登ることも、朝の時点では沖目に映り、乗ることなど考えられなかったのだが、潮が引いていることを見越して石黒は乗ったのだろう。

十二時になるまでに、あと一本釣りたい。

竿を投げ続けていると、腕や肩が疲れてくる。その疲れを倍にするのが、無反応な浮きだ。しかし、これがまったく釣れていない状況だったら、倒れるほどに体のガタを感じるのだろう。面白いもので、二本は上げているということから、極端な疲れというのがない。確かに疲労の蓄積はあるのだろうが、気持ちが高揚しているせいで、それほど疲労を感じない。横の岩の上で、竿先を見ていた石黒と目が合った。

「少し早いですけど、撤収しますか。ここはいつでも来られる場所だしね。これ以上粘っても、どうかなという感じですから。人がこれだけ増えているにしては、それほど釣れなくなっていますし」

小西も同意し、今度は気をつけながら岩の斜面を滑り台のようにして下りる。下りたときには、岩の下では少し水があるが、砂地が見える低さに変わっていた。

石黒と、クーラーボックスの左右を片方ずつ持ち、車まで戻り、リアの扉をあけ、二人とも竿からリールを外して仕掛けもばらした。助手席に乗り込む前に、石黒は小西の方へ黒いサンダルを投げてくれた。

「そのままじゃ、車の中で蒸れて気持ちが悪いでしょ。あまりいいサンダルじゃないですけど、ないよりは楽ですから。ズボンは、札幌までには乾いちゃいますよ。脱いだ長靴はこっちに貸して」

リア扉を、バタンと音をさせ閉めてから、サイドのドアを横に滑らせ、車内上部についている送風口を真下に向けると、風が直接当るように長靴の高さを合わせて、送風口へ向け固定した。小西は頭を下げるのが精一杯だった。

石黒が言うには、渓流釣りに行ったときなど、川を遡り、ずぶ濡れになることも多い。そのようなときのために、予備のタオルやジャージは常に車に積んであるという。

二人とも車に乗り込み、充実感を満喫するタバコに火をつけ一服した。

駐車場には、釣り人達が携帯電話で話をしたり、竿を持って、これから海岸へ向かう者もいた。タバコの煙を、外に流すためにあけた窓からは、携帯電話の話す声が聞こえてくる。きっと地元の人なのだろう。サケが幌川で上がっているから、こっちに来いと知り合いを誘っているようだ。サケも情報化の波に翻弄されて災難である。サケが釣れると現場から、電話で釣り仲間に知らされ、釣竿から延びる仕掛けというトラップが増える。

この時期は、どこの海岸でも似たり寄ったりの状況なのだろう。またも、駐車場の入り口には、これから竿を出そうという車が入って来る。こんな釣り人が増えていく状況ならば、夕マズメ時の釣り客は、相当数になるだろう。朝、会った地元の漁協関係の人らしい集金人は、サケ釣りの前に、車がたくさん釣れるので嬉しそうだ。

車を出し札幌に戻る。入り口の坂を上り、国道に出て南へ走る。

「携帯貸しますから、女将さんの店へ連絡して下さい。今日最初の客があと二、三時間で到着するって」

ダイヤルを押す気分は、先週とはまったく違う浮かれぎみだ。呼び出し音の向こうで、早く出ないかと頭の中では、店の中の風景を思い出していた。

電話口に出た女将は、二時半には店をあけておくから暖簾が出ていなくても、中に入ってきてくれと言う。石黒は小西が電話しているときに運転席から大きな声で、

「小西さんが、釣り上げましたよ」

などと、ふざけていたが悪い気はしなかった。女将も『凄いじゃない』と電話の向こうで言っていたのだから余計に気分がいい。

まだ暗かった朝、食料を仕入れた浜益のコンビニに寄り、クーラーボックスに入れるための氷を三袋と、ドリンクを買って一路札幌に直行。車内では二人とも、今日の釣りに関することが中心的な話題だったが、石黒が小西さんは、若い頃東京でなにをしていたのかと聞いてきた。

少し迷ったが、気分もよかったことも手伝い、東京でのことを話し始めた。

「この前もちょっと話しましたけど、学生運動をやっていたことがあるんですよ。そう言うと、全共闘のようなイメージがあると思いますけど、私の場合は違うんです。大学って、私は当時、あまり勉強するために通ったわけじゃなかったんですね。何校か受験して、受かったところに入ったという感じでね」

「私は、家業の手伝いをしながらなんで、高卒ですけどきっと当時はそんなものだったのかも知れないですね」

「周りの人が行くから、じゃ俺もっていうことで。実際、学生生活なんて麻雀や女の子と飲んだり、遊んでばかりいましたね。その頃、徐々に流行り出したディスコなんかも楽しくてよく行ったりしましたよ」

「なんとなく時代がわかりますね。同じ年代だからでしょうか」

「その頃、学内じゃいろいろな学生運動の勧誘が激しくて、デモによく誘われていました。こっちは暇だったし、それがきっかけでデモの人数が足りないときにだけ、かり出されたりしていたんです。当然、私が人数動員だけの正式なメンバーじゃないのは、みんな知っていましたから、活動家になれという誘いは、最初から否定していたので楽でしたけどね。でね、あるとき成田空港の三里塚近くのデモに参加していたら、急に、機動隊が横から出てきて、私、引きずられて捕まっちゃったんです。警察署に連れていかれて、指紋を採られたり、写真を撮られたりしまして。ま、二泊三日で帰してはくれたんですけど、それで懲りまして、それ以後はデモにも出なくなったんです」

「元気に走り回っていたんですね。私なんかテレビで見る学生運動は、どこか遠い世界の話のように思っていましたよ」

「いやあ、警察は凄いというかしつこいというか、私が三十歳まで、勤めていた会社で横領事件がありましてね。私、経理課だったものですから、呼び出されたんですよ。当然、無実なんですけど。そのときに取り調べの警察官に尋問された件は、今も忘れられませんね。だって学生時代にデモで捕まったときのことなんか、頭から私は消えていたんです。そのことをくどくど言われました。ま、その横領事件は、犯人が親に連れられて出頭したことで解決したんですけど、横領金額が大きかった事件だったので、当時マスコミも取り上げたんです。ちょうどその頃、私が警察に呼び出されたのを知って、きっとマスコミが調べたんでしょうね。私が『怪しい』と、報道したんです。もちろん氏名は隠されていましたけど、会社の同僚や知人なんかは、私が会社に戻って仕事をしていても白い目で私を見て、ただ警察から参考人として呼び出されて話をしただけなのにですよ。なぜかその後、自分を取り巻く雰囲気がひどく変わってしまいました。急にです」

「ひどいですね。手の平を返すような対応も頭にきたでしょうね。今の学校でのイジメと一緒じゃないですか」

「その後、犯人が自首したといっても、マスコミが私に対して謝るわけでもなければなにもない。氏名を出していないから、その必要はないということなのでしょう。なんか、虚しくなりましてね。堅い仕事だったので、疑われること自体で問題になるんです。どこから漏れたか、噂はその事件以後大きくなっていて、学生運動の活動家ということに、私はなっていました。そんなものです。それからしばらくして会社を辞め、当時、知り合いだった人がパチンコ屋の経理事務で人を探しているからと誘ってもらったのを、いい機会だと思って再就職したんです」

「それでこっちにきたんですか」

「いえ、最初は東京で仕事をしていたんですが、パチンコ屋の業界のつながりから、札幌に移ってくれないかと頼まれてこっちにきたんです。きて、ビックリしました。だってホール回りが仕事の中心で、経理事務は、税理士にすべて任せていたんですから。リストラの方向へ向かって知らないうちに歩いていましたよ。それも自分の意思という形ですから。そのまま、あの店にいるんですけど。どういう縁があるか、人間はわからないものです」

「そうですね。でも北海道に来たんだから、サケ以外にも釣りを趣味にして全道の魚を釣り上げるのでも目標にしたらどうですか。今日は、結構面白かったでしょ」

「面白いですねえ。気に入りました。札幌に来た頃なんか、毎日酒を飲んでいました。遊びに出かけようなんて、まったく考えていませんでしたね。千歳で飛行機を降りて、札幌までの電車内で見た線路近くの家は、みんな積雪対策で中二階のようになっているでしょ。玄関も飛び出していて二重のドアがあるのを見て、ホントにここは北海道なんだということを実感させられました。今は、長いこと札幌に住んでいますから、違和感もなにもなくてそれが普通なんだと思うようになっていますけど」

話を聞きながら、石黒はゴトの話を振る気分じゃなかった。気分よく、釣り上げたサケをつまみに『高井』で飲むほうを優先した。それに、いつ伝えるかは、自分の気分なんだと。自分に対してと、小西に対していい奴で今はいたかった。

「小西さんも、苦労していますね。普通にサラリーマンで勤めていても、いつどこで、不幸が口をあけているかわかったものじゃないですね。今の日本は、魑魅魍魎がいたるところにいるものですよ。私も、似たような体験が若いときにありましたけど、根が楽観主義者なんで、深く考えることは避けていました。むしろ流されるままに、自分の身を置くことが処世術になってしまって。まっ、私は昔から釣りだけは好きでしたから、なにかあると竿を担いで海に出かけちゃいます」

「今日の経験でよくわかりますよ。だって目の前の海を見ながらキャストしていると、なにもかも忘れてしまうとは言いすぎですが、自分がリセットされる気がします」

「サケ釣りでも中には、使用が禁止されている場所で、ギャング針といって、針が三角型に三方向に延びているもので引っ掛ける人もいるんです。オスを引っ掛けると、その場に捨てる。メスを引っ掛けると、腹からイクラだけを取り出し、やはり捨てていく。密漁に近いことをする釣り人だって、いるんですからどうしようもなくムカつきますよ。基本的なモラルがない人間もいるんです」

自分が話していてなにをわけのわからない、真逆のモラルなどを口に出しているのか可笑しかった。自分が今、ゴト師としてイカサマ仕事でパチンコ屋に出入りしているというのに。それともヒロシ達の姿を見てから、理屈にしたくない深いところで、自分の気持ちの中にわだかまりを持っているとでもいうのだろうか。もはや自分自身ですら、わからなくなっていた。

思惑と誘惑

珍しい姿だった。彼女は女将さんだと思う。それにしても初めてみるカッコだ。

『高井』の店先にジーパンを履き、長い髪を背中に垂らしゴムバンドで飾り気もなく、真後ろに一本で束ね、白いハイネックとジーパン姿の女性が、箒を持って店の入り口を掃除していた。女将だった。どこから見ても、石黒と小西のイメージの中の女将と一致しない。きっと失礼なことなのだろうが、店先を掃いている姿はあまりに若い。大学生とは言い過ぎかも知れないが、そんな若い女性達の中に入っても、それほど年齢的に目立つことはないのではないか。確か三十代だと思ったが。

店の近くで駐車場を探す前に、重いクーラーボックスだけ先に店に置こうと考えていた二人は、信号待ちで目を合わせた。

「女の人は怖いですね。印象が違いすぎますよね。なんでいつも着物姿なんだろう。今の方が断然いいでしょう」

「酔客に舐められたくなくて、大人びたカッコをしているんですかね。それとも私達が、あまりにも早く帰ってきたから、着替える時間がなかったとか」

女将のスタイルだけのことで、二人は若かった時代、楽しかった一喜一憂時代を思い出す。そのころは着ているものや、持ちものひとつでも話題にこと欠かなかった。石黒も笑いながら、今の姿を見ただけで気分は浮ついているように見える。なにか、わけもなく楽しい。

「早いですよ。まだ、二時四十分ですから。確か、三時半と言ってましたよね」

「俺も、こんなに早く札幌に着くとは思わなかった。そんなに飛ばしたつもりはないけどな。でも三時半だったですよね、電話で伝えた時間」

『高井』の店近くのコインパーキングを探し、重いクーラーボックスを二人で下ろし、ほとんど乾いた長靴に小西は履き替え、

「先日の駐車場に向かわなかったんですね」

「あそこは今日、いっぱいらしいんですよ」

そんなことはなかった。ヒロシ達は、地方に遠征している。駐車場に停めることはできるのだが、気分が許さなかった。

サケの入っているクーラーボックスだけでも、先に店に置こうと考えていた石黒は、女将さんの、普段着に多少なりとも驚いたのか、店に寄らず先にコインパーキングに車を停めた。クーラーボックスを下ろし、二人で左右から持ち手を握り、『高井』の店へ向かう。店先ではドアを半開きにしたまま、白のハイネック姿の女将が箒を持ちまだそこにいた。

二人に気づくと、ニコッと笑いながら、

「釣れたんですね。凄いじゃない。で、何匹？」

「四匹です。メスが一匹。これは石黒さんが釣った奴ですけど。それより初めて見ましたよ、普段着」

「あ、そう。お店以外では、いつもこんな感じだから。でも月二回の休みで一階に下りてくるのも久しぶりかな」

「あれ今日、店休みでしたっけ」

「小西さんは、知ってたんじゃないの」

「そうか、忘れていました。言われて今、思い出したくらいで。休みの日にすみません。もっと早く気がついていたら、遠慮したのに」

「なに言ってるの。気にしないで、どうせ暇なんだから。サケを早くこっちに持ってきて。捌いちゃうから。石黒さんどうする。全部処理しちゃっていいの。それとも何匹かそのままで持っていく」

「いいえ、全部捌いちゃって下さい。そうですね、私と小西さんには、家で焼いて食べられる身が五切れほどあれば。残りは全部女将さんに進呈しますから、店で使うなり食べるなりして下さい」

石黒はクーラーボックスの蓋をあけ、一匹取り出して小西に渡した。記念写真を撮るという。

小西は店の入り口で、サケを横に持ち上げる。

「すみません。釣れてすぐに撮っておけばよかったんですけど、小西さんが初めての獲物だということ忘れていて、ついさっき思い出したんです。《幌川》じゃないですけど、それでもいいでしょう」

ポケットから取り出したデジカメで二枚撮ると、「ＯＫ、ＯＫ」と、クーラーボックスにサケを戻す小西をニコニコと笑いながら見ている。

カウンターの俎板の前には、普段着の上から割烹着を着た女将さんが、クーラーボックスの中から最初に捌くサケを物色している。最初に手にとったのはメスだ。

「二人とも店の中に入って、入り口閉めといてくれる。今、生ビール出すから、飲んで」

「すみません。なんか休みのときに店に出てもらっちゃったみたいで、伝票はちゃんとつけて下さい」

「いいの、いいの。今日は私も飲むから。それにこのアキアジ、店で少しは使わせてもらうし、今日はじゃんじゃん飲んで、かまわないから」

ジョッキに二杯、冷たい生ビールを注ぐとカウンターに置いた。その横には小鉢で、塩辛も出してくれる。

「石黒さん、じゃそういうことにさせてもらいましょうか」

「昼間っから、タダ酒か。今日は最高だね」

「大丈夫、明日からはちゃんとチェックします。飲めるうちに飲んでおくといいわよ」

女将さんは慣れた手つきで、俎板の上で横になったメスの腹を捌き、綺麗なスジコを取り出し銀のボールに移した。

「今、イクラを先に作っちゃうから、チョット待ってて」

なにを考えたか、店を出て行った女将さんはどうやら自宅があるという二階に、一旦戻ったようだ。

再び戻ってきた女将さんの手には、テニスのラケットが握られている。

「知っていますね。確か女将さんは、こっちにきてから何年も経っていないでしょう。小西さん、わからないでしょ。見ているといいですよ」

「また、そんなたいしたことじゃないですよ。先にイクラ漬けちゃうから、そのあとでいいでしょ、チャンチャン焼きやフライは」

「どうぞ、好きにやって下さい。すべて、お任せです」

女将さんの手元を見ると、スジコを銀色のボールから取り出し、スジコにチョコッと縦に切れ目を入れ、薄皮を切り離すように手で広げ、今スジコを入れていたボールの上に、ラケットを被せるように置き、薄皮を上に向け、ごしごしとすじこをラケット面にこすりつけてバラし始めた。ポロポロとボールにバラバラになったイクラが落ちる。

「新鮮ないくらは、弾力があるからラケットでこすっても大丈夫なのよ。札幌にきて最初やったときは、スジコをはずして、ぬるま湯につけたり、水にさらしたりするうちに、脂で白く濁るし、粒はつぶれちゃうから大幅にイクラが減っちゃってね。関東あたりじゃ誰も知らないし」

「そうでしょうね。北海道だとサケを捌く機会はあるでしょうが、関東方面へ出荷するサケは、下処理してあるものですよね。イクラだって漬け終わったものがほとんどでしょう」

「最初イクラを採ったときは、ボウルに手がつけられる程度のお湯を入れて、その中で、すじこをほぐしたんです。最後にザルにあげて。でも、なんか納得いかなくて、かなり前だけどお客さんに聞いたコツっていうのは、大根おろしとあえて、中でていねいにスジコをほぐすだったかな。この方法はまだ試していないんだけどね」

ビールジョッキ片手で、乗り出すように二人は見ていた。

「小西さん面白いでしょう。ぬるま湯にいれると、イクラは白っぽくなりますけど、すぐ水で冷やせばまた元の赤い色に戻りますよ。私も何回かやっています。サケからイクラを採るのも、サケを獲った場所でイクラの堅さは変わりますからね。ブナのサケ、川を遡って体に婚姻色が強く入ったやつ、これはもう栄養が産卵のためにまわるから、身の脂は落ちて、イクラの皮は硬くなるんです。産卵近いものは、ポロッと落としても跳ね返ってくるほどですよ。まるで小さなピンポン玉みたいに」

うなずきながら聞いていた女将さんは、

「今日二人が釣ってきたのは大丈夫よ。スジコの鮮度もいいから。悪いとつぶれやすいけど新鮮だし、手早く処理するから、ちょっと待って。漬けるのは、簡単に醤油と酒、味醂を一煮立ちさせるだけ。そういえば、この店のオープンの頃だったかな。イクラの漬け方まで知っている人がいてビックリしたわ。さすが北海道の地元ってね。そのお客さんは普通の会社勤めのサラリーマン。たしか家で、昔からお母さんのイクラ漬けを手伝っていたとかで、簡単に教えてくれたことがあったの。一日漬ける人もいれば、一〇分くらいの人もいるらしいわ。私が思うところ、漬け汁の分量と濃さだとは思うんだけどね。ということで、今日は少し強めにすぐできる方法かな」

「次は、チャンチャン焼きとフライね。チャンチャン焼きは味噌味の強い方がいい？　それともバター味の強い方がいい？　大きな鉄板は用意できないし一匹のままじゃ、オーブンの中に入らないから半分に切るわよ。でも一匹の半身でも量があるから、残りの半身はお土産で持たしてあげるわ」

「今食べるのは、味噌味の強い方がいいな」

「作ったあとで私も、ゆっくり飲めるように一気に料理しちゃうから待っててね」

イクラを採ったサケとは違うオスのサケを捌く。どうやら身の味はオスの銀色が強いサケがいいようだ。

銀紙の上に半身を切ったものを乗せると、塩コショウを振り、何種類かのザク切りの野菜を乗せたあと、味噌と酒を味醂で溶いたものを上からかける。そんなに難しい料理じゃなさそうだ。フライの方も手早く、切り身に下味をつけて薄力粉と卵、パン粉をポンポンとつけて、揚げていく。さすがだった。料理がカウンターに並べられ、カウンターから出て来た女将はビールのジョッキを持っている。小西と石黒の焼酎のボトル・氷・烏龍茶も置かれ、あとは食べるだけ。

自分が酔っても忘れないように俎板の上には、切り身になったサケの包みが二つと、いつでもオーブンに入れられるチャンチャン焼きの味噌味が並べられていた。サケの入っていたクーラーボックスも、水で流して入り口に。気が利いている。

石黒がビールから焼酎に替えて、呑み始めた頃、

「女将さん、いつも着物ですけど綺麗ですよね」

「私を褒めているの、それとも着物」

「さっき、お店の前で車を停めてクーラーボックスだけ置いて、それから駐車場に車を持って行こうと話してたんですけど、つい通り過ぎちゃったんですよ。理由、聞きたいでしょう。誰かさんが、店

の前を掃除していたのを見て、最初『誰だあ』ってよくみたら女将さんじゃないですか、それもそのかっこ」

「盗み見だな。まったく、どこでなにを言われているんだか」

「つい二人で話しちゃって、駐車場が先になっちゃったんですよ。石黒さんなんか、時間間違えて、早く来すぎたんじゃないのかなんて、言っていたんですから」

「そんな、ダメダメなの、私の普段着」

「違うんですよ、見違えたっていうか、若くて綺麗だなって」

「ならいいや、許す」

ビールとチャンチャン焼きは美味い。フライもビールに合い最高。ビールだけだと腹が張るので、二人とも焼酎に替えた。

女将も、自分のジョッキを飲み干すとカウンターの中に入り、冷酒の二合徳利を二本、自分の前に置く。カウンターから出るとき、冷蔵庫に入れておいたイクラの醤油漬けを、少し大きめの小鉢に入れて持ってくる。

「そろそろ大丈夫だと思うけど、どうかな」

イクラは一粒一粒が、透き通るメノウのような輝きを放っていた。

「私、お店の仕事は和服でするって、店のオープン時からきめてるんだ。ま、いろいろあったのよ」

どうやら女将は、本腰を入れて呑み始めるようだ。店が休日ということもあるのだろうが、酒は根っから好きで強そうだ。

「普段、お店で着ている着物は全部遺産というか、形見分けでもらったもの。私が横浜出身なのは知っているでしょ。一度結婚してるんだけど、そのときの亭主は若くして脳梗塞で先に逝っちゃってね。でも腕のいい板前だったのよ。私の母親は、華道の先生をしていたから自宅ではいつも和服。母も、私の亭主が逝っちゃう少し前にね。よく言うじゃない、不幸事は続くから、まわりを気にしなさいって。それで子供は私だけだから、自然と着物は全部引き継いだのよ。亭主が亡くなってから、一年くらいだったかな、亭主のお母さんもね。亭主の母親は、昔かたぎの和服好き。それで二人分の残された着物のすべてが今、二階に置いてあるっていうことなのよ。まったく一部屋、着物だけで占領しちゃっているんだから」

手酌で二合徳利から、冷酒を注ぎながら淡々と話しているが、営業中では、話さない内容だ。

「だから、どうせなら私が着ようと、今店で着ているの。私、亭主と知り合った頃、料亭で仲居をしていたから、着物をひとりで着るのは慣れてたしね。まっ、最初の頃、仕事とはいえ、強制的に着せられた着物だったんだけど、今じゃ店に出るときは、着ないとなんかしっくりしなくて。大丈夫、独身といっても振袖は着ないから」

手酌で飲む酒は、ぐい呑みに注がれる。話しながら、自分で作った料理を摘まむ。

「私が仲居をしていたとき、知り合ったのがその亭主。結婚して二人とも店を辞めて、横浜に割烹料理店を開いたの。その後、二年くらいの営業で亭主は亡くなっちゃったんだけどね。その亭主は料理人としては変わっていて、自分の女房にも魚の捌き方や串打ち、焼き方、煮物の味つけ、季節野菜などの処理まで教える人だったの。普通の料理人は、そんなことしないらしいわ。自分の女房に、板場の仕事を教える人なんてめったにいない。当時の店の状態で、簡単な板場の仕事を教えといた方が便利だとでも思っていたのかしらね。まっ、それでこの店を今、経営していても料理に関しては特別問題ということもないけど。もともと、調理師免許は持っていたし。でもね、さっきも言ったけどサケの捌き方や、ウニの殻あけなんかは、さすがにこっちに着てから仕入先で教えてもらったわ。札幌に来る前は、櫛の歯が抜けるように、自分の身内がばたばたでしょ。なにもしたくない気持ちだけで、ボーッとしていたかな。亭主と一緒にやっていた店をまた、あける気はしなかったしね。そのあといろいろあって今は、ここで落ち着いているってとこ」

女将さんが立ち上がり、入り口に定休日の木板を出す。入り口周りの電気を消し、またカウンターに座りなおす。しかし、呑む人だ。むしろ酒豪。これまでの紆余曲折した時間が、酒豪にしたのかもしれない。

小西は女将さんの話に相鎚を打っていたが、石黒は真剣に聞き役に回っている。石黒は日頃静かに飲むタイプだが、今日はなぜか飲むペースが速く、焼酎を何杯か自分で作っては呑む。

「女将さんの話を聞いていて、昔のことを、思い出しちゃいました。小西さん、サケってなぜ、生で食べないのかを知っていますか」

小西が首を傾げていると、

「寄生虫のことでしょ」

「そうなんですよ。今サケを食べながら、その話もないもんですが、私は嫌な経験がありましてね」

「私も昔、料理学校だったかで教えてもらった覚えがあるわ」

「そう寄生虫なんです。だから生で食べるときには、ルイベにして一旦凍らすんです。冷やすんじゃなくて、凍らせるんです。寄生虫は一定の温度、たしかマイナス二十度で死ぬようです。それと、知り合いが言うには、水を凍らせると膨張するじゃないですか。それと同じ作用で、寄生虫も膨張してバラバラに壊れてしまうから死んで無害になるとも言っていましたけどね。新鮮なものは特に、処理が必要でしょう。今から三十年くらい前、根室でカニ漁の船に乗っていたことがあるんです。家業の手伝いでね。その頃、親父と私、それと一緒に四人が、ソ連の国境警備隊の監視船に拿捕されたことがありまして、全員、越境と密漁の容疑で取り調べられたんです。船長、漁労長、船主は最低でも三か月、最高で四年の刑を当時向こうの裁判所で言い渡されるんです。乗組員は、一か月から二か月の抑留生活だったな。密漁の証拠品として船体、漁具、漁獲物はすべて没収。私は比較的早く戻れたんですが、漁労長の叔父さんは抑留先で死にました。私に、漁師としてのいろはを教えてくれた人。厳しくもあり、優しくもあったかな。私が根室に戻ったあとだったんですが、ロシア人と日本人は主食が違うから抑留中いつも腹を減らしていたんです。ロシアの警備兵が、魚好きの日本人のために親切心で、紅鮭を取って何本かくれたみたいです。それを刺身にして、生のままで食べた。原因はそれなんですが、体力も落ちていたことも重なり一週間くらいで亡くなったそうです」

石黒と最初に釣りに行った日、仕掛けを作りながら、昔、船に乗っていたようなことを言っていたのを思い出す。そのとき、あまり話したがらなかったような印象が残るが、そのときのことを思い出したからだったのだろう。

ロシア側が日本人を拿捕するのは、戦後始まったことではない。江戸時代の、高田屋嘉兵衛も拿捕されてテレビドラマになったほどだ。

「すみません。今の話、気にしないで下さい。今は、しがないサラリーマンですから、もう船に乗ることもありません。小西さん、サケは捨てるところのない魚なんですがどこが一番好き？」

「えっ、唐突ですね。どこでも好きですけど、定食や弁当に入っている奴だと、塩鮭を焼いて、皮のパリパリと香ばしいところと腹の脂のジュッとした甘さかな」

「同じ、私も」

「やっぱりね。私もそうです。いろいろと食べてきてはいるんですが、ポピュラーイズベストになっちゃうんですよ。慣れなんですかね」

「ねえ石黒さん。拿捕って、船がロシア側に行っちゃうっていうことでしょ。すぐに逃げられないの」

「私が船に乗っていた頃は、漁船のパワーと監視船のパワーじゃ全然違うんですよ。もっとも、そんなことは百も承知で、少しだけ領海を出るんですけど、運が悪いとやられちまうんです。当時は、そんなに珍しいことじゃなかったような覚えがあります。なぜかと理由を話せば困窮。貧乏。もう少し、もう少しの結果なんですよ。一番痛いのは、船とすべてを没収されることです。百万、二百万で買えるものじゃないですから船は。ほとんどの人が借金しながら漁をしてるんです。それが当たり前のような時代でした。ロシアで見た景色で、印象的なのは没収された船です。綺麗な白い船体がぽつぽつと並んでいる。それはすべて日本の船です。ロシアの船は、黒っぽくて汚い印象でしたね。あそこら辺は、昔から世界の三大漁場として有名ですから。なんでも豊富に獲れるんです」

「潮で、船が流されてロシア側に行っちゃうとか」

「それはないです。あそこは本流からずれていて、末流の一部だからほとんど影響はないし、漁師はみんなどこで潮が巻くか、夏や冬でどう変わるのかは知っています。仕事で船に乗っているんですから」

「そうか、漁師の仕事も命がけなんですね」

「向こうから帰って私は、根室の海上保安部で事情聴取を受けるんですけどね。家に戻ってからが本当の意味で地獄でしたよ。そのあとがね」

「確かに考えただけでも、一家の大黒柱がいなくなるわけですものね。船の借金って、ローンでしょ、それなんかも残るでしょうし、それ以後の生活もあるわね」

小西は、石黒が自分のことを話したのを初めて聞いた。国が北方領土問題をロシアと話し合っていると宣伝していても、現場で操業している人にとっては今が死活問題なのだと。

「人間は、どんなことだってできるんですよ。こっちが生活で大変な思いをしているときにでもね。家に戻ってしばらくして、中古の船を安く買わないかとブローカーが訪ねてきまして、家のもんがかき集めてきた手付金を、そいつに持ち逃げされたりと散々。そいつが未だに捕まった噂は聞かないし」

当時の風景を酔った頭で思い出しては消した。ただ、騙されるよりは嘘つきと呼ばれる方がよかった。悪い奴だと、人から言われて生きていく方が楽なことだと。自分がいい人を演じる必要性はないと。

「世の中みんな、大なり小なり人は、嘘つきかもしれないよ」

「そうね、私もわかる気がするわ。でも一番怖いのは、自分の口から出ている嘘を、本当のことだと信じてしまう自分自身だと思うわ。意図的につく嘘は、まだ他愛ないものかもしれないわよ」

店の入り口のガラスに、遠くのネオンが反射するのか薄暗がりになっていた。

目が覚めたのは停めたままの車の運転席だった。さすがに昼過ぎから飲んだ酒は、仮眠がそうさせたのか酔い覚め状態でだるい。

駐車場でシートを倒し、少しだけ休もうと考えていたのだが、もう夜中の〇時過ぎ。駐車場の周りに光り輝くネオンは、疲れを知らず働いていた。一旦、自宅に戻ろうかとも考えたのだが、そのままコインパーキングに車を残し歩く。四時間は寝たようだ。このごろよく行くラーメン屋に足を向ける。酔いは、ほぼ覚めていた。いや、覚めていたと感じていた。薄っすらと寒い風も心地がいい。通り過ぎるスーツ姿の人達は、ポケットに手を入れエリを立て寒そうだ。大型ディスカウントショップを過ぎ交差点に立つ。この時間になっても人が、あふれるようにいる。

まばらな人通りのビル街、並ぶように立っている自動販売機の横に男がひとり、暗い空を眺めながら座りブツブツとなにかを言っている。目は虚ろに彷徨っていた。五十過ぎだろうと思われるその男を見て、石黒は心が乱れた。その姿をよく見ると、薄い夏用のジャンパーを着ている。ズボンの裾や着ているジャンパーも汚れていた。浮浪者とはいわないが、髭面の顔や、ブラシもこのところ入れていないであろう髪の毛が、近寄りたくない雰囲気をかもし出していた。

石黒は、一瞬目が泳ぎ迷う。見知った男、以前パチ屋でつるんだことがある。歩く速度を遅くしたが、男の横をなにもなかったように通過した。声をかけることができない。無理だった。二十メートルも歩くとコンビニの横で、二十代の茶髪の男達が二人、缶コーヒー片手に座りながら話している。

「君達、悪いけどさ、あそこにいる男にこれを渡してきてくれないか。ビール代ぐらいなら、カンパするから」

石黒は内ポケットから一万円札を三枚引き抜くと小さく折ってティッシュにくるんで渡し、別にズボンのポケットから、つかみ出した千円札数枚を二つ折りで若い男に渡す。声をかけられた男達は

「それくらいなら、いいスよ。渡すだけスね」

手を伸ばし石黒から金を受け取ると、すぐ立ち上がり、目と鼻の先にある自販機の横に座る男の手にティッシュに包まれた札を握らせた。それだけ確認すると人ごみの中に入り、横断歩道を石黒は渡った。

奴にとって俺との関わりは一体、なんだったのか。確かに当時、俺との間には金のみが介在したものだった。が、人として俺がしていることは、悪なのだろうか。いや違う。奴は自分の環境と背負っ

ている姿を変えるために金を欲した。そのために足を踏み出したはずだ。奴の夢や最善の思いをたくさん聞いた気がするが、今は道に座っている。俺が声すら、かけられないのは。奴から逃げたのは。わずかばかりの金を渡すことが贖罪になるのだろうか。

甲斐性なく座っていた男は、若い男となにやら話しているようだ。キョロキョロと頭を動かしているのが遠くから見えた。

また、『ポセイドン』のコースかと足の向きを定めると、急激に寒くなってきた。ズボンのポケットに両手を突っ込み、笑いながら話し掛けてくる街の女達を無視し歩き続けた。『ポセイドン』の重いドアをあけると、目が笑っているマスターが小声で「いらっしゃい」それだけ伝えると、手でカウンター席の奥を示す。カウンターの止まり木には誰も座っていない。

「マスター、この店大丈夫なのか、満席になったの見たことないよ」

石黒のボトルを目の前に出す。申し訳程度のピスタチオの入った小さな籠を前に置く。氷の入ったグラスにボトルの酒を注ぐ。

「忙しいと本も読めやしないから。食っていくだけでいいんですよ」

「マスター、今の、気の効いた台詞なの」

「そんなこというと、ボリますよ」

「今はボラれても、素直に払いたくなる気分かもしれないよ」

二、三歩離れている場所から石黒に声をかけていたマスターは、誰もいない店の奥の方へ遠い目を

して、ボウとした小さな間接照明を見ている。柔和だった感じの顔を、能面のように変え、

「誰しも、悩みや人生の岐路に立つことはあるんです。ただ、自分が理解できているかを知ることが、できない人、多いんです。石黒さんは、自分に素直すぎるんじゃないですか」

理解できなかった。なにもかもが、わからなくなっていた。さっきまで、小西や女将さんと楽しく飲んでいた筈だったが、遠い昔の気がする。その楽しかった気分は、さきほど消えた。

「マスター、そのカウンターの内側の壁に張ってある写真、誰。前もちょっと気になったけど」

「見たとおりですよ。軍服を着てるから、アイドルじゃないですよ。人によってはどうか知りませんが」

「葉巻をくわえているけど、若い外人みたいだね」

「チェ・ゲバラって人。それより石黒さん、お仕事大変なんでしょう」

「ええ、かなり前に取引があった釧路の人間がリストラされたらしく、今は食うや食わず状態で札幌をフラフラしているってね」

マスターはなにも言わなかったが、頷く。言って欲しかった。なぜなのか、なぜそうなったのか。黙ったままのマスターが沈黙する姿は、石黒に罪の意識を与えるには充分過ぎた。また、今日も飲み疲れるほど飲むことになる。それだけは、わかった。静かな時間はめまいすらおぼえる。

「うちは酒を売っているから、何本ボトルを飲んでもかまいませんけど、そろそろ看板です」

テーブルの上に代金を置き、椅子から下りると足がもつれる。体が、ふらついているのは自覚した。首から下は酔っているのだが、頭は変に冴えている。この姿を人が見たらきっとボロボロだろう。店

を出てタクシーを探すが、それすらめんどくさい。

青い看板がよく目立つコンビニの前で、ヒロシとよく似た男が、茶髪の若い男と話をしていた。酔った体で見ていると二人は、街でよく見かける若者の姿そのもので友達同士のような匂いだ。どこかで見た気もするが、ヒロシの子飼いの打ち子は多い。いちいち打ち子の紹介などしない。むしろ、そんなことしてほしいとも思わない。

「あれ、石黒さんじゃ。やっぱりそうだ。どっかで飲んでたんスか。いい気分みたいスね。これからちょっと飲みに行くんスけど、どうスか一緒に」

ヒロシは石黒に向かいひとり、歩きながら声をかけてきた。

「今、友達と一緒だったんだろ。悪いから若いもん同士でやってくれ。俺はもう飲みすぎみたいだ」

「ああ、奴との話は終わりました。それより、なに言ってんスか。まだまだ、これからですよ。今日は俺らがよく行くキャバクラ行きましょうよ。前にたまには連れて行けって言ってたじゃないスか。今日は新しく美味しそうなパチ屋もきまったんで、俺が奢らせてもらいますから。大丈夫、大丈夫」

断る理由もない。惰性でどうでもよかった。でも大丈夫かどうかは、お前にはわからないだろう。今は駆け出しの頃のヒロシと雰囲気は違う。まるで街の顔役のように振舞う。なぜか、それが少し勘に触るが気にしないようにした。

「わかった、行くか。ヒロシと飲むのは本当に久しぶりだもんな。そうか、俺が言ってたことだったか」

ヒロシは、ゆっくりとだったが歩き始める。

「この前の店でいいっスよね。ほら、駐車場のあるビルなんスけど、今日は若いのが遠征中ですからうるさいのもいませんし、きっと女の子も暇なんじゃないかと思うんスよ」

石黒が、にぎやかに酒を飲むのが、あまり好きではないことを知っているヒロシは、静かですよと暗に強調している。石黒としては、ありがたかった。いまさら十九、二十歳の若い女と、ギャーギャー動物園の檻の中で飲みたくもない。

チカチカとそっけなく、電飾が瞬くビルのエレベーターに二人が乗り込むと七階のボタンを押す。

「七はなんでもラッキーナンバーなんスから。それもいいと思いませんか」

単純な奴だ。しかし、なにに関してもポジティブに物事を考えることは悪くはない。

七階のエレベーターホールからすぐの場所、分厚い茶色のガラスでできたドアを押しあける。あけると同時に、耳に飛び込んでくる威嚇的な騒音は、入り口の雰囲気とは異質。もう少しどうにかしろよ、と言いたくなる音の洪水の中をヒロシについて行く。カウンター席に並んで座っていた女達が振り向き、ヒロシに笑顔を見せて動き始めた。店の中に客はいなかった。髪が茶色というより金色に近い赤いドレスを着た二十歳くらいの女が、

「いらっしゃい、みんなはいないんだ。そっか、仕事で遠征なんしょ。いっぱい出ればいいね」

石黒は、酔った頭の中でドキッとした。この店の女の子達は、ヒロシ達がなにをしているか、知っているような口ぶりだったからだ。石黒の仕事の方法からは、ありえない。後ろめたいという感覚が欠落している。これでは裏家業じゃなく、人気商売の類じゃないか。

赤いヒラヒラとしたドレスの後ろについて、奥の席に案内され腰をおろす。ほぼ同時に先ほどまでカウンター席に座っていた女達が同じ席に移ってくる。ヒロシと石黒の二人に五人もの女達が、おしぼりやらアイスペール・ボトル・グラス・ピーナッツを運んでくる。常連に対して当然というより、暇な時間帯なのかカウンターに座っているより、テーブル席で慣れた客を相手にしていた方がいいと考えたにきまっている。

「いらっしゃい。今日はなんか暇で、ヒロシさん達が来なかったら、あと三十分位で閉めようかと思っていたんだ。今日は、素敵なオジ様と一緒なんですねえ」

どこが素敵なんだ。くたびれて酔っ払ったジジーだよ、普段お前達が、目の隅に置くのすら嫌がる人種だ。

「ヒロシさん、そのボトルもうすぐなくなっちゃうから、新しいの入れちゃってもいい」

「ああ、この店で一番高いやつな。今日は俺の先生みたいな人と一緒なんだから、気を使ってくれよ。それとフルーツの盛り合わせも頼むよ」

「スゴーイ。ヒロシさんより、もっと稼ぐんだ。もしかして水口さん達のとこの人」

「違うよ。そっちの人じゃなくて、仕事の元、師匠みたいな人」

同じテーブルに座った女の子達の中に、ヒロシが目配せしている娘がいるが、きっと彼女かなにかだろう。なんでも知った顔で、他の女の子達に指示している。まだ二十代前半と思えるこの娘も、きっと今は目の前を通り過ぎる事象のすべてが面白く興味があり、その延長線上で愛を語ったりしているのか。若い頃は、誰でも怖いものがない時代があるものだ。

長い道を歩いてくると怖さを知る。暴力や享楽の果てにあるものではない。自分の置かれている状況のすべてに、恐怖を感じるときだ。サラリーマンにはサラリーマンの世界で、職人には職人の世界で。なにかを感じ、知ったときがきっと階段を上るときなのかもしれない。時間という残酷な階段は下りることができず上るのみだ。これには男も女もない。

まだ若いヒロシは知らないのだろう。男は、女を自分と同じ感覚でいてくれると錯覚する。男の目に入っているのは、つきあっている女を含め対外的な外の世界に注がれていることを。しかし、女は違う。女は、男を中心に物事を考える傾向が強い。外に目が向く男とは感性の始まりにギャップがある。だから第三者の介在しやすい外で、仕事の話を石黒は極力しなかった。ましてやゴトだ。

この店にはどうやら水口も顔を出しているようだ。あまりヒロシに干渉したくはないが、自分の関係する人間が自分の思いに答えてくれるとは限らない。まして、ヤクザ関係で縛られている人間は自分自身でもどうにもならないことが発生しやすい。仲のよい友人であったとしても、組織が一旦介入した場合に個人の論理・人情というものは、よほど大組織のトップでないかぎり、決定されたことを動かすことはできない。

街でアウトローを気取り、でかい顔をして歩いている背景にはどのような、独特の倫理観が存在するのかということを大多数の者達は知らないし、知ろうともしない。普通に生活している限りそれでいいのだ。

しかし一旦、自分自身が垣根を越え逸脱したと自覚したときから、考えなければならない。ヒロシが今やっている仕事は、けして褒められることではないはず。ゴト師として、逸脱した者に待っている道はそんなに多くはない。より深く隔絶された世界に入っていくか、その土地からいなくなるか。そのどちらかしか残されてはいないだろう。

ゴト師を続けながら女と結婚するものもいるが、それはこの店と同じ、一瞬の虚飾の宴だ。今の若者達は、ヒロシひとりを見ているだけでも不安定な感情が渦巻いているのがわかる。すべてを見なくても想像ができる。なにが個性の尊重だ。若者の権利だ。

「ね、石黒さんって言うんだ。ヒロシさんに教えたこと私にも教えて。ね、女でも大丈夫なんでしょ。だって、ヴィトンのバックやベンツが欲しいんだもの。なんなら渋い師匠の彼女になってあげてもいいかもね」

広めの席で、耳元で話す声はヒロシには届かないのだろう。ニコッと笑うだけでなにも答えなかった。もう考えることすら嫌になってくる。なにもかもが、霧の中に消えてしまえば楽になれるとさえ思う。自分がこの世界から霧の中へ逃げ込むほうが先かもしれない。

「石黒さん、今度ノリ打ちしませんか。俺と二人だけならいいんじゃないですか」

「俺は、ノリ打ちは好きじゃないんだ。責任は常にひとりでとりたいと考えているからな。ましてイタズラで人とつるむのはどうもね」

ノリ打ちとは同じ金額を双方が指定して、その範囲内で打つこと。どちらかがパチ屋で負けても相手が勝っていれば相手の金は利益になる。ようは二人の合計金額で清算するということ。勝っていても相手に半分取られるし、負けていれば助かる。二人が一緒に負ければ終わりということだ。当然、逆もある。

ヒロシからこんな提案をすることは変だった。なぜならお互いがゴト師なのだから指をくわえて、どちらか一方が負けるということはないだろう。とすればどちらかが、なにかを仕掛ける。自分が勝っても、取り分が折半されてしまうから。それにゴト師として、なんらかのプライドのようなものがあれば、負けることは考えられない。この言葉はイコール、荒れる現場を作ることになる。そんなことは、百も承知のヒロシが言うということはなにかある。石黒は自分のスタイルを通すために、これまで誰とも組まなかった。それを変えるつもりは、今もない。

「悪いな。知ってるとおりで、どうもなじめないことは最初からやらないたちなんだ。それより、この店にはみんな来るみたいだね」

「ここは俺の若いのが、ツケで飲める店スから。払えない奴は俺が面倒を見ることになるんですが、仕事だけしてくれりゃ、なにも文句は言わないから気安い感じなんじゃないスかね」

ヒロシは自分が仕切っていることを、自慢してはばからない。

俺の若いときもそうだったのだろうか。いや、違う。船の上で遠い海を眺めていた頃から、喜怒哀楽は抑えているのがいいと育ってきた。男が善悪を話すより、影響力を行使するより、もっとも大切なことは自分が、その時間や結果でピリオドを打つまで最善を尽くせるかどうかだ。当然その中に含まれるものは、社会的な善悪や、裏切りと表裏一体となった今の世界も入る。

昔、江戸時代から、今の若者は……と嘆いていたという。それは戦国時代や平安時代と遡っていっても、きっと同じことなのだろう。目の前で女達に囲まれ、グラスをあおるヒロシに対し、自分の持つ感情は昔も今も共通の時代を超えた認識なのだろう。

自分の重ねてきた年齢と、それに見合った経験の中で、視野が広くなり苦言を呈するのではなく、背中を向けることでいいと思っている自分自身がここにいる。

やはり来なければよかった。酒は静かに飲みたい。

「石黒さん、私の方見てよ。さっきから渋くひとりだけカッコいいんだから。わかった、違う店の女の子のことでも考えているんでしょう。なんか、もてそうだもんね」

「いや、物思いに耽る年頃なんだ。君達くらいの女の子は怖くてね。地下鉄に乗っていても、君達くらいの人が三、四人で話しているのを聞いていると、遠くへ遠慮したくなるよ」

「またあ、結構シャイなんじゃないの。みんなたいしたこと話してないって。そんなこと言いながら、家に若い奥さんでもいるんでしょ」

「ふふ、ないな。女の人の優しさが怖くなるときがあるんだよ。特定の女を指しているんじゃなくて、自分が楽な方を選んでしまうんだろうな。俺だっていろいろと通り過ぎていった女の人は人並みにいたんだよ」

テーブルの上にある、グラスや灰皿の交換サービスに気がいっている女のこ相手に、話すことじゃなかった。この子達は、目の前の金銭が大切で世の中のすべては、金が解決してくれると信じて疑わない。その金で素晴らしい鍵を手に入れる者もいれば、命を落とす者もいる。

「ヒロシ君この頃、元気よく仕事をしているって噂だけど、周りをもっと気にして、仕事をした方がいいんじゃないか。下が増えて面倒を見るのが大変だと、派手になりやすいからな」

　遠くを見ているようなヒロシが、チラッと石黒に顔を向け、

「石黒さんに、そんなこと言われる筋合いはないですよ。現にこうして払うもん払って、若いのまとめてやっているんスから。前みたいに一緒に歩いていた頃とは、違うんスから。俺のことより、どうなんスかこの頃。相変わらず足場を固めてから、じっくり時間をかけて仕事してるんでしょ。所詮、同じですよ。やることは一緒なんスから」

　酔っているのか、言葉も乱暴になってきたようだ。そろそろ頃合だろうと、席を立とうと思った。

「ま、ヒロシ君が頑張っているんだから、それでいいよ。また、近いうち食事会で会おうよ」

　刹那的な酒の飲み方をするようになったヒロシは、まるで酔うためのドラックを体に流し込んでいるようだ。ひとりで今までやってきたからこそ、そのように飲み方も変わってしまったのか。若い奴らは総じて、酔うためのドラックとして酒を飲みたがるが、きっと自分も若い頃そうだったんだろう。不安定な雰囲気が漂う空間から、石黒は引き上げた。

　早番の朝、九時から小西は店内の両替機のチェックをする。その後、店内のガラスを全員で拭き終

わってから、毎日二、三分の朝礼が景品カウンター前でおこなわれる。朝礼は主に、店長・主任がおこなうが、たまに顔を出すのが、田所マネージャーだ。

しかし、田所マネージャーはオーナーサイドからの指示で、ときたま店舗を見にくるくらいで、直接この店で指示を出したり、店舗内を歩くことはない。店へきても、管理室と呼ぶコンピュータールームで、出玉率や割数を調整しにくるだけ。出玉率とは、客が打った玉を出た玉で割った数、これをパーセンテージで表示する。割数は売上に対し、どれだけ景品を出したかを示す数値。仕事という仕事ではなく、あくまでも経営者の一員、管理者として存在していた。まして一日店舗にいるということは少ない。ときたま遊戯業組合での話を、店長や主任に伝えるくらいだ。

今日は、珍しく田所マネージャーが朝から朝礼に顔を出している。こんな日は、たいていパチンコかスロットの新機種導入についての説明か、新装開店の予定日を話すことが多い。しかし、この日は違っていた。挨拶のあと、話し始めた。

「昨日、小樽のある店舗、数店で不正ロムが見つかりました。見つかったというよりも、営業中に仕掛けられた疑いが強いということです。当店ではこれまで店内のお客さん同士のいさかいなどはありましたが、不正なゴト行為はありませんでした。札幌の組合で、他店の報告を聞きますと、この頃、組織的なゴトがあると報告されています。札幌市内においても、体感機を所持していた人間が、店内通報により逮捕されています。当店は、パチンコのシマと、パチスロのシマの両方がありますから、営業時間中は充分ホール係の人は目を光らせて下さい。本日、終業時から一〇分だけですが、ゴト師対策の訓練をおこないますから、店長か主任のどちらか、遅番の人にこの旨を、伝えておいて下さい」

ゴト師対策の訓練は年に数回おこなうが、この時期には過去なかった。きっと組合の方から、裏情報でも流れてきたのだろう。

通常の訓練は、コンピュータルームで異常な台を、ズームで録画しながら、ホール係がシマを囲んで、責任者が声をかける。容疑をかけた場合には、各自のイヤホンマイクで状況を逐一、コンピュータルームへ送りその言葉も録音。容疑者を景品カウンター横へ同行させてから、所持品の任意提出を求める。その状況で、証拠が出た場合カウンター内にいる女性スタッフが、警察に通報するというシステムになっていた。容疑をかけられた者は、事務室への同行を極端に嫌う。コンピュータルームで通報したいのだが、訓練を見る限り景品カウンターから通報するほうが早いようだ。

これまで何回か訓練もしているが、実際の場面に遭遇したことはない。今まで、一番多いトラブルは、玉が出ない客が、人やものに当たることで、ホール係りが文句を言われたり、客同士の喧嘩に発展するということがままあった。酒を飲んでいる客は特に、注意をしていた。現在パチンコ屋では、特に珍しい訓練ではなく、従業員の立場からは年中行事のようなもの。

朝礼も終わり、十時の開店にはいつもの音楽と、せわしない機械音が鳴り響いた。

開店早々の時間帯は客もまばら、朝一番で店前に並んでいる常連の客だけが、自分の予想した、出ると思った台を確保するために走るだけで、三分もすれば落ち着いてしまう。そんな時間が終わり、小西がホールを回っているとき、まだ若いホール係りの武本が声をかけてきた。

「主任この頃、釣りにハマっているんスか。山崎がそんなことを言ってましたから」

「それほどのことはないんだ。ここ何回か行っただけだよ」

めったにないことだ。

従業員達の集まるバックヤードや更衣室でも、小西に対しては必要以上に口をきかない。むしろ小西に批判的だった山崎と武本だ。悪口を言っているだろうことは小西も感じていたが、若い従業員が上の者の陰口を言うことは、あって当然と気にはしていない。

武本が微笑みながら話し掛けてきたことになにか不自然な違和感があったが、特に感情もない受け答えになってしまった。武本の、まるで小西の機嫌取りみたいな態度が気にはなった。だいたい釣りの話を山崎としたのも、先週のことで、その間何回か同じシフトで仕事もしていた。しかし、若い従業員から気さくに話し掛けられるのは嬉しいもの。今までの関係や態度から比べると極端に変わってきたようだ。

「サケ釣りらしいじゃないですか。もう何本か上げたんですか。俺の親父もこの時期やってますよ。俺もガキの頃に、よく連れて行かれたな」

「へえ、地元は、どこだっけ」

「石狩川近くの小さな町です。なんにもないとこですけど、サケは川に行けばこの時期たくさんいたスね」

「まっ、何事もやってみなければ面白さはわからないものだな。おい、ランプがついているぞ」

パチンコを打っている客が、玉が引っかかったのか頭上のランプを光らせて店員を呼んでいる。そのことを武本に教えると、話の途中だったが、客の対応にシマの中へ消えていった。客に対する処理も終わったようだったが、小西のところへはその後、武本はこなかった。

仕事中だが、サケ釣りの話をしたことによって、今日は『高井』で一杯飲もうと思う。先日のサケ釣りから帰って、三人で飲んだときは楽しかった。自分で釣ったサケを、目の前で料理してもらい、酒を飲むという至福感は忘れられない。今日はゴト師対策の訓練があるが、そんなに時間はかからないだろう。

午前中から出ている小西は、早番であったし遅番のスタッフに伝えておけば、閉店時のメンバーで訓練は済む。自分が主任だからとあえて、出席することもないだろうと考えた。

「こんばんは」

「ああ、小西さん。今日は少し早いじゃない。ビールでいい」

九時前後、やはり店は混んでいた。店内は、小さく狭いテーブルもカウンター席も埋まっている。カウンターの人と人との間にスペースを見つけると、狭い感じではあるが自分の場所を確保した。なにも頼んでいないのに、女将さんはビールとグラス、それに突き出しにはサケの甘辛く煮た身を小鉢に入れ、トン、と置いて他の調理や客の相手をする。

ビールで咽喉を湿らせ、小鉢のサケを突っつきながら、このサケは先日のものかもしれないな。そう考える方が何倍も楽しい。そうだとしたら、お店にチョットは貢献できたことになるし、店内の客が何気なく食べているサケは、自分が釣ったものなんだと優越感すら沸いてくる。一時間を過ぎると、サラリーマン風の客は三々五々会計を済まし帰っていく。その頃小西は、焼酎に変わっていた。客も少なくなると、小西の相手を女将さんはしてくれるようになっていた。

「この頃、石黒さんに会った」

「いや、飲みにきていないの。このところ連絡もないし二週間以上は会ってないよ」

「まっ、そのうちに顔を出すでしょ」

最初に会ったときは、なにか変わったところがありそうな人だと思っていたが、何回も一緒に飲み、まして、あれだけ釣りを親切に教えてもらい、今では、この店で昔からポツポツと飲んでいる友人のような気がしていた。次の釣行についての話もしたかったし気の許せる仲間だ。

客が、いなくなったときを見計らって、

「明日、時間があれば豊平川でも見に行きませんか。サケは札幌でも、見られるんだと聞いたものですから」

「明日。大丈夫だと思うわ。こっちに来た頃に見に行った覚えがあるけど、どこだったかな。完全に忘れてるわ。川に行ったことだけは覚えてる。そうね、何年も見に行ってないから行こうか」

石黒は、ここ何日か酒びたりになっていた自分から自宅で酒を抜く。二日ほど食事と睡眠だけをむさぼる。体調が戻ってからもなぜかパチンコ屋には行っていなかった。
　あの日、ヒロシと飲む前にヒロシと立ち話をしていた若者の顔を寝ているときに思い出した。『そうだよ、あのガキはアライズの店員のひとりだったような気がする。それがもし事実だとすれば、ヒロシと話をしているということだけで先は見える』
　何回も石黒は自問自答していた。いくらヒロシでも、俺が粉をかけている店にチョッカイをかけるわけがない。それは食事会のときにも了解していることだ。仲間内で二重に仕事をしてはならないという不文律。そしてそれを暗黙のルールとして確率させていた水口。
　考えられることは、ヒロシが周りを無視して突っ走っているのか。それとも水口の意図で指示されたのか。この前キャバクラで、乗り打ちの誘いもおかしい。ヒロシは俺のスタイルを知っている。俺の知らないところで、なにかが動いている気がする。このままじゃ、小西のアライズもただじゃ済まない。今度の食事会で確認しなければならないだろう。俺が当初、小西をヒロシに探らせたことが裏目に出ているのだとしたら、状況確認を急がなければならない。完全に古株の俺を無視することはないだろうから、今週の食事会で早々にハッキリさせるか。

「小西さん、お昼ご飯食べた」

「いや、どこか適当な店に入ればいいかと思っているんだけど」

　高井の店から豊平川までは、タクシーで千円もかからないほど近い。ジーパンと赤のチェック柄のオープンシャツが眩しく見える高井と一緒に、豊平川にサケが遡上するであろう少し上流へ行こうと考えていた。店にある看板入り軽自動車なら自由に使用できるが、小さな車をレンタカーで借りた。札幌東区あたりなら遠い場所ではないし、車も停めやすいだろう。サケが遡上していれば見ることはできる。

この豊平川は、札幌市内を流れ石狩川と合流し、やがて日本海へと注ぐ。札幌市内を流れるため、以前は生活廃水によって汚染され、サケの遡上がない時期があったという。二、三十年前まで死んでいた川が再生したのは、カンバックサーモン運動が実施され、近年では数千匹のサケが遡上してくるそうだ。この秋もテレビニュースのコラムとして、放送されたこともある。今は、サイクリングロードも川沿いに長い距離確保し、自然豊かな風景が楽しめるよう散策路が整備されていた。

「高井さん、人から聞いた話ですけど、豊平橋からミュンヘン橋近辺には、いるだろうって」

小西は昨日、釣具ショップの店員にそれとなく、サケのいる場所を聞いて下調べしておいた。高井と会ってからなんの情報もなく、ウロウロと走り回るのは嫌だった。そんな小西に釣具屋の店員は、「そこらで釣ったら捕まりますよ」とまで言われてしまった。

「高井さん、お腹が減ってなければ歩きましょう。そこにパーキングがありますから。今、停めます」

豊平橋のそばに車を駐車させ、二人は歩いて緑地帯の方へ向かう。車の音は聞こえるが、川沿い近くの歩道まで来ると気にならない。

水面は光が反射し、白くキラキラと放散しながら輝く。歩道を歩きながらでは川の中がよく見えない。小西はひとり、歩道からそれほど離れていない川に近づき中を見た。以前、石黒と一緒に釣行した幌川とは違い川が深いようだ。こちら側の岸近くに魚影はまったく見えないが、反対側の川面が揺れている。

「高井さん、ちょっとこっちにきて。ほらあそこ、コンクリートと岸近くの草に挟まれているところ。あれはサケですよ」

小西の足元に白い腹を横たえて沈んでいる産卵後の死んだサケは無視し、躍動感のあるサケを指さした。

「やっぱりいたんだね。こんなところまできてるんですね。何年ぶりかしらサケの泳いでいる姿を見るのは」

小西が店に顔を出し始めた最初の頃、小西に対する印象は静かな、あまり他人のことに入り込まないおとなしい感じを受けた。

昨日サケを見に行こうと誘われたときは一瞬迷った。しかし店と市場の往復という毎日が続き、それが数か月経っているのも事実で、気分転換にチョットどこかドライブでもしようかと考えていたときでもあった。

高井は常連の客や、もちろん一見の客から、誘いの言葉がたくさんあった。お酒を出す店を経営するときに、自分に約束したのは、絶対に店の客から誘われてもうまく断ること。これを通すことだった。それなのに小西から誘われて、気分よく返事をしちゃった自分が、なんだか可笑しい。

「きてよかったですよ。誘ったのはいいけど、もしもサケがいなかったら悪いなと思って」

「いえいえ、たまには気分転換にいいですよね。あの、水の上に出てるのは背びれでしょ」

「そうだと思いますよ。こんなときは石黒さんがいると、もっとよく解説してくれるんでしょうけど、すみません。石黒さん今週見てないけど、仕事が忙しいのかな」

「きっとまた、仕事が忙しいと言いながら、どこかでなにか、釣っているかもね」

小西は、久し振りにデートのような散歩にワクワクしていた。別に女将の高井さんに対して特別な感情をいだいてはいないつもりなのだが、フッと浮き立つ感情を自分で気に入っていた。これも石黒と思い切ってサケ釣りに出かけたことで、なにかが吹っ切れて、社交性が出てきたのかもしれない。こんな、積極的な自分の姿が嬉しくもある。

遊歩道に戻り、長い川沿いの道を歩く。高井も川を覗き込みに行ったり、歩道の石の上を飛んだりと、ゆったりした時間が流れているようだ。近い内に石黒さんとまた、サケ釣りに出かけたいと小西は思う。そしてまた、三人で高井の店で飲みたいと。


「おお、今日は早いですね石黒さん。まだ昼食会には一時間近くはあるんじゃないかな」

「今日は、水口さんに聞きたいことがありまして」

「なんだい、仕事の件か。それともなにか金になりそうなことでもあんのか」

「たいしたことじゃないんですよ。調整役の水口さんに店の着手の状況を聞きたいんですけど。今、私アライズに粉をかけているんですが、他の手が入っているなんてことはありませんよね。私が時間をかけて仕上げようと考えているものですから」

水口は目の奥が嫌な感じで、顔をそむけながら、

「アライズか、聞いてねえな。でも早いとこシノギにしないと大変だろ。同業者が一枚噛んでから、調整するのも面倒だからな」

この言葉を鵜呑みにしていいわけはない。水口としては、揉めごとがあれば仲裁という形で、どちらかの側から手数料を取る。または、恩を売って自分の都合のいいときに使う子飼いの人間に仕立てる。

揉めている両者ともが水口の言うことを聞かなければ、組の威力を後ろ盾に、過去強引な手も打ってきたようだ。それが水口の仕事。

昼食会という名目で金を集めているとしても、十五グループあって百五十万がせいぜいだろう。会場の設営費や、自分の舎弟達が、自立して生活できるシノギを見つけるまでの、こづかいなども考えると、ギリギリか足が出る勘定だろう。ときたま起こるゴト師同士の小競り合いや、喧嘩をまとめることでまとまった金をむしり取っているはずだ。

単純にゴト師として、パチンコ屋を食いものにしているだけじゃない面を知っておかないと石黒も動くに動けない。どのような世界も、状況と情勢を分析できる者が勝つ。今回のきな臭い件は、ヒロシに直接聞くしかないようだ。

水口と上っ面の世間話をしていると、会費を持って顔見知りのメンバーがパラパラと集まってきた。なかなかヒロシが現れないが、石黒はヒロシが現れるまで待つことにする。窓際でタバコをふかし、ビールを口に運びながら小さくガラスに映る豊平川の、橋の向こうに霞む雲を眺めていると、この前声をかけてきた若い長谷部と目が合った。石黒が窓際にいるのを見つけ近づいてきたのだ。

「お疲れ様です。久しぶりス。石黒さんはどこで仕事しているんスか。あんまり自分らと顔あわせませんよね。地方出張かなんかですか。自分ら、市内で動いているスから、ときたまは連絡下さい。これ自分の携帯番号ですから」

長谷部は食事会で顔をあわせると石黒のところにきて話していく。どうも深い意味はなく単純に動いているだけの男のようだ。以前、態度が悪いと水口に怒られていたとき、

「ガキを相手にしても仕方ないでしょ」

と、チョットかばってやっただけなのだが、それからなにくれと長谷部は石黒に気を使ってくれているようだった。水口との間に入ってやっただけだと考えていたが、水口は石黒に顔を潰されたと勘違いしているようで、それ以来はよそよそしい態度だ。

「長谷部君は、長いこと市内で仕事しているの」

「そんなでもないんスけど、一年くらいス」

「そうだな、近いうちに、刺身でもつまみに行こうか」

長谷部は、石黒に初めて誘われたことで嬉しかったのだろう、「絶対ですよ」と何度も繰り返し、

同年代の仲間のところへ行く。

石黒は悪いとは思ったが、この若者から情報を聞き出そうと考えていた。また、なにも知らなければ、長谷部を利用して情報収集もできるだろう。それにしてもヒロシが来ない。もしかしたら、代理の者が会費だけ払いにきているのかもしれない。若者達の顔を覚えようとしてこなかった石黒には、ゴト師同士のつながりが完全には見えていない。

雰囲気的に今日は、本人がこない可能性が高そうだ。アライズの若い店員と一緒にいたことだけは、ハッキリしておきたいのだが、どうやら今日のところは諦めるしかない。


「オイ、ヒロシどうなんだ。市内グループで調整入れる前に、早く仕事できねぇのか。先月のゴタゴタも、お前の尻拭いは俺がやってやったんだからな。今月は、組の方の義理が立て込んで少し足りねぇんだ。わかってんだろ」

「わかってます。この前は、助かりました。あの店に、本土のゴト師が入っているの知りませんでしたから。遠征はそこら辺がわからないから、きついっすよ。アライズは、ほぼ大丈夫ス。パチンコ台とスロット台の鍵も手に入りましたから、あとは若いのを三、四人向けるだけで仕事になるス」

「お前のような若い奴が二、三人いれば、俺も組で上にあがる目があるんだがな。そうなりゃ、昼食会の仕切りはお前に任せるぞ。今は、頭の回転が速くて実行力のある若いのは、おまえがトップだしな。いくらでも面倒はみてやるから、やりたいようにしていいんだぞ。それと、お前の打ち子以外にも二、三、俺の方でもお前の下で動かせられる人間を用意するからな」

　石黒は食事会のあと、真っ直ぐ自宅に戻ろうと歩きで大通り公園を横切る。出席しなかったヒロシの行動が気にはなっていたが、ヒロシが今どの店でゴトをしているのかわからない。捜し歩くのは無駄だろう。夜にでも先日ヒロシと飲んだキャバクラへ顔を出してみるつもりでいた。携帯電話で事前に話すのは、なにか違う気がしていた。

　頭の中でいろいろと思い巡らしているだけでは仕方がないと、食事会のときに携帯番号を受け取った長谷部へ歩きながら電話をした。長谷部は食事会の日には、完全にオフにして休んでいるという答えが返ってきたので、すすきので昼間からやっている居酒屋に誘うことにした。そんな電話を長谷部は喜んで、スグに居酒屋へ向かうという。石黒はアライズの件を聞き出すことはできないだろうが、今ヒロシが置かれている状況だけは少しでも知ることができると踏んでいた。

「すんません、さっきの今で誘ってもらっちゃって」

「長谷部君は、今市内で仕事をしているの。なんかこの頃、遠征が多くて市内の状況がよく見えてこなくてね。少し、長谷部君から聞いておこうかと思って」

「別に、変わったことはなにもないっスよ。揉めごとは、何か月も聞かないし。もっとも自分達のことは、どこのパチ屋に行ってもセミプロのような感覚で見てるんじゃないスかね。パチ屋の中で食事会のメンバーがいても、目で合図すれば仕事中なのかどうかは、スグにわかりますし。特になにもないスね」

パチンコ屋を食いものにしているグループが飽和状態になっているのだろう。どの店に行っても、ゴトをしている者、ゴトを仕掛けようとしている者が多くなり、見知らぬ怪しい者の方が少なくなっているのだろう。この飽和状態はなにを生み出すかというと、パチンコ屋のセキュリティの状況が変わらない限り、ゴト師同士の淘汰が始まる。上に存在するものと、下の立場で甘んじなければならない者が別れ、大きなグループが吸収合併をくりかえしていく。そのときには離反するものも増えるだろうし、北海道のゴト師グループから追い出されるものも出てくる。今現在、変化のない状況こそが大きな変化への前触れだ。

若い長谷部はわからないだろうが、強力な体制ができ上がってからでは、ゴト師としてのゴト自体が難しくなってしまう。いかにして生き残る方法を模索するかといえば、大きなグループと接触し、従順な態度でゴトのみを生活の糧とするしかない。今までの食事会の定例会で会費を集めるということも変化するのかもしれない。

「長谷部君は、ヒロシ君と一緒に仕事をすることないの」

「無理スよ。そこまで入り込んで水口さん達とつき合いたいとは思わないスから。ある程度稼いだらパッと辞めて、帯広に帰りますよ。向こうにコレがいるもんスから」

長谷部は小指を立てて笑っている。しかし、水口とヒロシの関係は自分が知る以上に親密になっているのは充分理解できた。さっき水口にアライズの件を聞いたが、その答えもいよいよ眉唾ものだ。

今日中になんとか先手を打っておかないと、自分の意図する方向には向かないだろうということが匂った。なんとしても今夜ヒロシと会わなければならない。

「いらっしゃい。こんな早くからきてくれてありがとね」

早すぎたようだ。夕方の六時は自分の気が急いている証拠だった。昼間、長谷部と別れてから自宅に戻り、釣り道具の満載してある車の片づけをしていた。車の整理をしているとき、石黒の心の中は虚無感が吹き荒れていた。普段は、好きな釣り道具をいじっていれば多少のことは気にならないでいた。しかし今回は、なにかが石黒を追い立てているように一点を見据えた目が動かなくなってしまう。動作も緩慢になることが多いのが自分でもそれとわかる。車の整理を、あらかた片づけてから自宅の清掃にまで移ってしまった。これといって今やらなければならないことではないのだが、部屋の中まで整理し、掃除をし、自分のなにかをぬぐい片づけるかのように動きまわった。そして一段落してすぐにキャバクラへ向かったのだ。

「今日は、ヒロシ君まだきてないの」

「呼びましょうか。携帯番号知ってるから」

先日、ヒロシと二人で飲んだとき、女の子達に指示をしていた女が横に座る。今日は先日のように、店にいる女の子達がテーブルを囲んでしまうことはなかった。ヒロシ達が、この店で飲んでいるだけでないのは空気でわかる。具体的にどうこうというものはないのだが、ヒロシという言葉で店の女の子達が聞き耳を立てているような感じがするのだ。単純に若い女の子達が集まり、キャピキャピと華やいだだけの世界ではない。

店に入ってから、一時間ほど水割りをポッキーやポテトチップスで飲んでいると、入り口のドアからヒロシがひとり店に入ってきた。女の子達は『おはようございます』と声をかけヒロシも機嫌がいいのか笑っている。

「石黒さん、電話一本くれれば、フルーツかなにか用意しておいたのに。急にどうしたんですか。やっぱり若い子達はいいでしょう。俺もここで飲んでいると楽しいですから」

「お疲れさん。今日の食事会に出てこなかったからどうしているんだろうと思って、覗いてみたんだよ。あと、知りたいこともあってね」

「この店のことですか。俺が先週、営業権を買い取ったんですよ。買い取ったほうが安上がりなんスから。ほら、飲み代もバカになりませんからね。若いのがつけにして飲んでいるのを、俺が結果的に払うじゃないスか。だったらいっそ買い取ったほうが安上がりじゃないかって。水口さんの知り合いが、飲食店の権利関係を譲渡する業者紹介してくれましたんで、簡単に手続きも終わりましたよ」

やはり水口がヒロシに近づいていい関係になっている。直感した。アライズの件は間違いなく、水口とヒロシのこれから先の仕事となる。

「ヒロシ君、今日水口さんにも聞いたんだけど、俺、今アライズって店に粉をかけているところ。誰か入っている可能性があるかと思ってね。先日この店に来る前だったかな、アライズの店員とヒロシ君が立ち話しているのを、すすきので見たもんだから」

「なんだその件ですか。アライズはもう明後日から仕事に入りますよ。石黒さんが主任の小西とかいう奴を調べてくれって言ってましたけど、その前からうちの若いのが店員と話をしていたらしいんです。石黒さんから聞いたときには、まだ俺の方に報告が入っていませんでしたから。早く耳に入れなけりゃと思っていたんですが、石黒さんに伝えるのが遅れてしまってすんませんでした。あらかた準備もできたんで、そろそろってとこです。石黒さんはどこまでアライズ仕上がっていたんですか」

最悪の状態だ。自分の行動をヒロシに感づかれたために先手を打って動き回ったのだろう。今の言葉は完全に嘘だ。しかし、裏づける証拠もない。

「俺の方は、最後の段階ってとこかな。どうだ手を引いちゃくれないか。金なら少しは回せるが」

一緒のテーブルで話しているヒロシの顔は、遠くを見ている顔だ。

「無理ですよ。そうだ。この前乗り打ちの話したじゃないですか。アライズでゆっくりと抜くことにしませんか。そうすれば石黒さんの顔も立つし、俺の打ち子の仕事も無駄にならないですみますから」

ヒロシは、こんなことをいう奴じゃない。今までの借りを返すつもりで提案しているのだろう。ヒロシが石黒に対して歩み寄っているのは充分に理解できた。しかし、自分のゴト師としての仕事の仕方と、ヒロシのゴトでは、内容がまったく違う。即答してしまうわけにはいかなかった。それに、水口の姿が見え隠れするのも気に入らない。

「そうだったのか、一日考えさせてくれ」

ヒロシは石黒の態度に少しふてくされたのか、

「石黒さん、こっちはもう、後戻りできない場面まできているんですから。一緒に昔みたいに、つるんでいい酒呑みましょうよ」

わかっている。自分がゴト師で金のためにパチンコ屋を食いものにしていることくらい。しかし、釈然としないゴトはしたくない。どうしても一日考えさせてくれとヒロシに伝えて店を出た。


山崎と武本は二人、景品カウンターあたりでスロットとパチンコ台の状況を見ていた。今入り口近辺には、ホール周りの店員はいない。小声で武本は、

「二時きっかりに五分でいいんだよな」

「何回も聞くなよ。五分あれば充分だってヒロシさんが言っていたじゃないか。俺達は知らないふりしてればなんの関係もないって言っていただろ、それにお前、あのキャバクラのジュンちゃんと、今夜遊ぶ約束してるんだろ。そのことだけ考えて今日の早番の仕事終わらせようぜ」

そのときイヤホンマイクから、コンピュータルームにいるマネージャーの声で、入り口近辺の台が開いている可能性があるから、確認してこいと従業員に伝えられた。入り口近辺はスロット台だ。

従業員が保守管理や点検、内部のコインなどの詰まりで台をあける場合があるが、その場合コンピュータルームにある開錠センサーに、ランプがつく仕組みになっている。ときたま開錠のあと、半ドアのようになって完全に閉まっていない場合もあるが、めったにあることではない。

その確認を、ホール係りにイヤホンで通知してきたのだ。山崎と武本はお互い目を合わせ、ドキッとしたが入り口近辺にあるスロット台の指定番号に向かう。

指定されたスロット台には、若い男の客が座って通常のようにコインを投入して遊んでいる。山崎は頭を下げてスロット台の点検をしたいと言うと、客は素直に従った。武本は近くで見ている。山崎がスロット台の中を一度あけて再び締めなおすと客も再びコインを投入して遊び始めた。

山崎が、イヤホンマイクを伝いコンピュータルームにいるマネージャーに『異常なし』と伝えると『台をあけたらシッカリ閉めて確認をするように』と一方的に伝えられた。それ以上のことはなにもなかった。

山崎も武本も内心ドキドキとしてはいたのだが、まったく何事も起こらなかった。朝からホールにいる早番の山崎、武本と交代するように、小西が午後三時過ぎからホールに下りてきた。この時間を前後して遅番の人間と入れ替わるのだ。早番の最後のホール周りをし、二階の従業員控え室で着替えを済ませ、山崎と武本は店の外に出た。

「タケ、さっきは、ちょっとびびったよな。丁度二時だっただろ。午前中から、あそこでスロット打ってる奴も知らない顔だったし、帰る頃はまた、違う若い奴が座っていたからな。コインも全然出ていなかったから、もしかしたら、今日はなにもしなかったのかもしれないぜ」

「いや、なにかしただろう。台が鍵なしで開くわけねえんだから。俺もお前もあの台触っていねえしな。マネージャーが上から下りてきて、調べるなんて言ったらやばかったぜ」

「もう、俺らには関係ねえだろ。俺らがいるときにはなにもなかったんだから。それより昨日もらった金で、今日は豪華に飲もうぜ。お前は、あの店で待ち合わせがあるんだろ」

小西は小さな異変に気づいた。夕方過ぎ、入り口にある台が三台連続して横並びに大当たりを連発しているからだ。

スロットの台というものは、出たり出なかったりと波があるものだが、最高の設定になっている場合は、コンスタントに出続ける場合もある。当然、低い設定の台でも一日を通してみると、少しだけは出る時間帯がある。

例えば、最高に出る設定は6番設定で、そこから少しずつ悪い設定になり、1番設定といえば、客は一日の内で続けて打っていたらトータル最悪なマイナスとなる。そして、ここが難しいのだが、悪い1番設定だとしても、ときたまは当たりを引き込むことがある。ただし長続きしないのだ。当然、設定6番の場合は、連続した当たりを引いたりする確率は極端に高い。

しかし、三台並んだ台が、連続して出続けているというのはあまりない。小西の記憶では、隣の台は1番設定で悪い台を設置していた。

店の端、入り口の台は客寄せのために出る6番設定だ。そして店内に入るにしたがって設定が下がる。

それが今、目の前の三台がドル箱に五箱ものコインが山と積まれ、当たりが止まらない状態だ。たまたま出るタイミングが重なったとしても、この量は不自然。

パチンコ台もスロット台も、アライズ店ではシマと呼ぶ壁に設置した台で遊ぶ。機械のシマを挟み、向かい合わせで座るようになっている。

小西は連続で出ている台の裏側に行き、反対側で打っている客には気づかれない状態で、奥に位置する機械を目視してみた。この今、あけているスロット台を打っている客には頭を下げて『チョット、コインのつまりを点検します』と誤魔化した。しかし、反対側の奥の機械には異常もなにもない。このコインの出方は、たまたまのことで、そこまで気にすることはないのかもしれない。しかし気にはなった。ドル箱のひとつを両替したとすれば二万にはなるだろう。それが五箱だ。並んで三台もある。ホール係りの店員にそっと訊ねると、夕方の二時間ほどで出しているという。小西は、コンピュータルームに向かう。

二階の鍵の掛かる部屋へ着き、ノックをするとマネージャーが眠そうな顔で出て来た。小西はマネージャーに設定変更の有無を確かめたが、一切そのようなことはしていないという。閉店後、従業員の掃除が終わり全員ホールからいなくなってから、マネージャーが責任を持って確認をするということで、入り口の三台のパチスロ機については、ホール周りの際に気を配るだけに留めることにした。

一階に戻り、ホールを巡回している小西が石黒を見つけた。パチンコの玉を貸し出すカードを手に、ブラブラとしているところに出会ったのだ。

「いよ、久し振り。長期出張から戻ってきましたよ。今日も仕事が終わったら行くんでしょ。私も少し遊ばせてもらって、今日の呑み代くらいは稼いじゃおうかね」

「頑張って下さいよ。私も仕事が終わったら、顔出しますよ」

笑い顔の小西は、口数少なく石黒に告げるとホール周りを再会している。小西から離れて距離ができると、石黒の顔つきは変わっていた。

明後日から、始めると言っていたよな。それが今日から、もう既に打ち子が入って抜き始めているじゃないか。それもあんな目立つ、三連マクリなんて。これは、スロット台だけじゃなくパチンコ台にも入っているだろう。

石黒は店内をウロウロしながら、丹念に見て回った。すると、今見つけたスロット台とは違う目立たない場所に、食事会の席で見たことのある年配者と、若者が離れた場所にすわりパチンコを打っているのを発見した。この年配者は、石黒のように一本でゴトをしているはずだ。なぜヒロシの仕掛けにこいつが乗ったのか、理由は簡単だ。水口がからんでいるんだ。一癖も二癖もあるこいつらが、アライズではおとなしく台に座り、パチンコ玉を弾いている。これでは打ち子と同じスタイルではないか。食事会でもヒロシの先輩格にあたる。今日のヒロシの言葉では、自分の子飼いのメンバーを入れるといっていた。すでにこいつもヒロシのグループということなのか。淡々と打っている男が石黒に気がついたようだが、チラッと目を合わせただけで無視して打ち続ける。

しかし、なぜ今日から着手しやがったんだ。俺との約束は、なんだったんだ。俺に対する既成事実を先につけておき、自分のグループだけが有利に運ぶよう仕かけているのかもしれない。

石黒は店を出た。店を出ると同時にヒロシの携帯電話に連絡を入れる。ネオンサインが反射する夜の歩道で、呼び出し音が鳴り続ける携帯電話を片手に相手が出るのを待った。なかなかヒロシはでない。

「石黒、さっきヒロシと会ったんだろ。どうだヒロシと組んでもう一花咲かして見ちゃ」

歩道の脇にゆっくりと近づいてきた左ハンドルの運転席から降りてきたのは水口だった。黒いスモークガラスの中にはヒロシの姿もあるが、降りてこようとはしない。下をむいている。携帯電話を切って、今は単純なゴト師を装うほうが得策だとピンときた。

「水口さんも人が悪いですね、言ってくれれば協力はしますよ。でも、アライズの件はヒロシ君に先渡しとは酷いじゃないですか。調整を入れてもらいたかったんですけどね」

少しふてくされた風情で、水口が急に現れたことには触れない。

「今は、そんなことを言ってられるときじゃねえだろ。長谷部になにを聞いたかは知らねえが、ときたま食事会に顔を出して、俺のことを聞きまわるなんてあまりいい趣味じゃねえよな」

今日の行動が短時間で、すべて水口に伝わっているようだ。そういえばキャバクラでの対応にも引っかかるものがあった。

水口とすれば、石黒を反対勢力と固定して、石黒に対してなんらかのアクションを起こすことで、スケープゴートとして自分のその後の立場を確立させたいのかもしれない。長いことアウトローの世界で飯を食ってくると、言葉や行動でおおよそ、展開が推測できるようになる。石黒がぬけていたのは、自分の存在価値を見つめてこなかったということだ。人に対するつき合い方などで情勢判断はしていた。しかし、あくまでも間に第三者が入った形でのものだった。

どうやら、今回は水口やヒロシ、そしてアライズを舞台とした一連の流れの中で、中心的なウェイトを占める存在になっていたのだ。石黒は、後手に回ってしまったようだ。ゴトの対象であるパチンコ屋の一軒くらいで、水口が動き出すとは頭になかった。

「水口さん、今言った、もう一花咲かせるってなにをやればいいんですかね」

「しばらくアライズで打ち子として協力してくれねえか。それからヒロシが報告の係りだから、お前から俺に直接連絡はしなくてもいい。仕事も楽で、周りにも気を使わないで済むとは、楽なことじゃないか。月々の会費は今のままだがな。どうだ」

「明日、ヒロシ君に会ったら言おうと考えていたんですが、ここまでことが進んでいるなら従うほかはありませんね。私も、そろそろゴトができる店がなくなるところですから」

なんと言われても､今は卑屈になっていたほうがいいだろう｡車の中から降りてこないヒロシはこっちを向こうともしない。もしかしたら目だけはこちらを向いているのかもしれない。この状態はヒロシの行く末が危ぶまれる。今は人ごとじゃない。自分の身を守るのが精一杯だ。月の会費を、打ち子の状態で払うのは厳しい。この言葉は、従わなければ反体勢力と見なすと宣言しているのと同等だ。

「まぁ、石黒さんよ。札幌でゴトを続けていくんなら、こういうときもあるわな。石黒さんくらいの器量なら、スグに稼げる状況に戻れるさ。じゃ明日から頼むわ」

石黒が頭を下げると、車は走り出した。ヒロシは一回も車外に降りてこなかった。車を見送ることしか石黒にはできなかった。

車に再び乗り込んだ水口は、

「なっ、俺が一言脅かせば、石黒も頭を下げざるをえねえんだよ。なにが昔の師匠だ。ヒロシ、お前の考えが甘いから、あんなただの古いだけの野郎も抑えきれねえんだよ。まっ、これからはお前が、俺の代わりに仕切れるように面倒を見てやるから心配すんな。さっきはあんまり、お前が生意気なことを言うから、つい手を出しちまったが勘弁しろよ。俺はお前をかっているんだから」

「わかってます。水口さんには、いろいろと面倒ばかりかけて申し訳ないス。今まで以上に金を、集められるように頑張りますから」

「それとな。あの野郎、打ち子もあっさり承諾しやがった。ゴト先の店を絞って月々の会費を納めれるわけがないんだがな。よっぽど今まで、金を溜め込んでいやがるか、なにか一物あるかのどちらかだ。ヒロシ、あの野郎には気をつけて目を離さないようにしないと、いつ寝首を掻かれるかわかったもんじゃねえからな」

ヒロシは理解できなかった。石黒は、ただの釣り好きでゴトの師匠と思い込んでいただけで、水口の言うような野心や金銭欲も見えてこない。そんなヒロシが、元の師匠でもある石黒をかばうのは当然のこと。若い自分でも、人とのつき合い方がわかっていると自負していた。水口は石黒が敵対するかもしれないという、そこが理解できないのだ。なにもできない一匹狼のような石黒を、今回のアライズのゴトでも、水口は必要以上に意識しマークしていた。食事会の帰りから、組の若い者を使って一日を探らせるような用心深さだった。居酒屋で石黒と飲んでいた長谷部に、なにを話したか聞いたのもほとんど脅しだった。

重い気分だったが、『高井』の店に向かう。時間はまだ早い。小西が顔を出す時間には二時間ほどある。少し別口で酒を飲みたくなった。足は『高井』を向いていたが思い直し、バーカウンターの『ポセイドン』に行く。今はバーボンのストレートでも煽って、酔った勢いでなければ小西に会えない気がした。『ポセイドン』の中は相変わらず、客はポツポツとしかいなかった。カウンターの止まり木に腰を下ろすと、マスターはなにも言わずにショットグラスを目の前に出し、キープもしていないウイスキーのボトルが出てくる。顔を上げて髭面のマスターの顔を見ると、ゆったりと微笑みかけながら、

「死にたいような気分だと顔に書いてありますよ。そんなときは水割りやロックよりストレートでしょう」

「そんな顔をしてるか。まっ、世間様はいろいろあるからねえ。客が少なくて死にそうなのは、マスターの方なんじゃないのか」

「いえいえ、今、多少高くボッテも大丈夫そうな客が入ってきましたから。なにか大事なもんでも失くしたか、女にでも逃げられたか。でも、女に逃げられてどうこう言うようなお客さんじゃないタイプだと思いますから」

六オンス・タンブラーに、水が入ったチェイサーを置いて目の前から離れていった。この水は、ウイスキーのストレートを咽喉に流し込んだあと、口いっぱいに広がったウイスキーを洗い流すためのもの。

最初の一杯を、ショットグラスに注いだマスターは石黒の顔を見ただけでそういった。今日一日だけで、そんなにやつれた顔をしているのかとトイレに立つ。手と顔を洗い、目の前の鏡を覗くが、普段と変わったようには感じられない。

水滴が顎を伝いポタポタと落ちる。自分の顔をまじまじと見ることはそんなにないが、確かにどことなく昔と比べれば老けたのかもしれない。

この実年齢、相応以上の老けや考え方は、ゴト師として生きてきた長い年月のしわかもしれない。この薄く線を引いたようなしわの中には、自分自身の人生が刻み込まれているのだろう。

カウンターに座りなおし、ウイスキーをグラスに注ぐ。琥珀色の塊りがコースターの上に踊る。二杯目を煽ると、さっきまでの自分の卑屈な態度に腹がたってきた。ついさっき、自分のゴト師としてのスタイルが終わった。

それはひとりの孤独な戦いを続けてきた者の終わりを示している。物欲から歩き始めた長い道ではあるが、そこには自分なりのポリシーがあった。毎日のようにパチンコ台に向かい気がついたらさっきのような煮え湯を飲むことになった。

今回の敗因でいえば、先読みと展開の不味さ。なぜこんな長い時間をかけた交渉をしてきたのだろう。小西との他愛ない釣行でも、過去のスタイルとなんら変わっていないはずだ。高井の女将さんとの接触でも普通の飲み屋程度のことだ。今までのゴト師としての道やスタイルを変えるきっかけなどない。なにもありはしないのだ。

しかし、トイレの中に写っていた顔は確かに少し疲れているようだった。もう精神的に疲れてきているのかもしれない。自分では認めたくない事象が、あちらにもこちらにもあり、ただ単に目を背けてきていただけのことなのかもしれない。

パチンコの世界も様変わりし始めている。昔のようなのんびりとした、笑い声が聞こえる場所じゃない。精密機械に人が整然と並べられ、受動的にいつ当たりが配分されるかを、ジッと金を払い続けながら待つ。待っている間、強制的に視覚に飛び込んでくるのは当たりがそろそろありますよという呪縛の暗示。その画面の下でデジタルが踊りつづける。

「この頃、釣りに出かけているんですか」

しばらくひとりにしておいてくれたマスターが声をかけてくる。何杯目かのグラスをあけ、空のグラスをカウンターに置いたとき、ボトルを手に取りマスターがそそぐ。

「ときたま日本海で、サケを狙ってますよ。このところご無沙汰ですけど、近いうちにサケの顔を、友達と見にいきますよ」

「そうなんですか、いい友達なんでしょうね」

札幌の街も〇時近くなると急に温度が下がる。

『ポセイドン』を出てから石黒はニタニタと笑ってしまった。いい友達か。この歳になって、あんな言われ方をするなんて。小学生じゃないだろうに。確かに今の自分に友達と呼べる人間はいない。仕事上のつき合いでなく、うわべだけの知り合いや、飲むときにだけ集まってくる人間でもない、そんな気持ちが穏やかになるような人間。

そういえばこの前、小西と釣行したときから、やけに昔の漁師をしていた頃を思い出す。波に揺られ、足場のあまりよくない場所で網を上げたり、船上で魚の選別をしたりという行為を懐かしく思い出す。当時は寒かったがなんだか楽しかったような気がする。あれほど漁師が嫌でつらい生活を送ってきた時期だったのにである。そんな生活にいったいなにがあったというのか。

『高井』の店内はこの時間でも人影が動いている。ここまで歩いてきたからか、『ポセイドン』を出た直後と比べると酔いは薄れていた。店のドアをあけた直後、小西の声がした。

「どこで飲んでたんですか。早めに店を出てこっちに真っ直ぐきてたんですよ。ほら、店内でお客さんと話をするのはよくありませんから、さっきはそっけなくてすみません。もう私はこっち」

小西は焼酎のグラスを指差すと、ビールから焼酎に変わって飲んでいることを大げさに言う。カウンター越しの厨房の中では女将さんがなにかを焼いているようだ。

「この頃忙しくて、顔も出せなくてすみません。小西さん近いうちにまた行きましょうね。今度はこの前よりも大物を狙いましょう。そうだ、女将さんも時間が合えば一緒にどうですか」

アットホームな店だ。店に入った瞬間から石黒は気分が休まるような気さえする。

「石黒さんご飯食べた。今、小西さんがホッケを焼いてくれって言うんだけど一緒に焼くから、ホッケでよければね」

「あっ、それ私も」

「と言うと思って、もう網の上には乗せてあるんだけどね。焼酎でいいんでしょ」

小西の隣の席に女将は、石黒の焼酎の支度をする。

「この前『幌川』で石黒さんと釣ったサケなんですけど、あれから何日もたっているというのに、釣り上げたときの竿を持つ重みっていうんですかね、忘れられないんですよ。グイっときて、ビーンと張った糸」

「わかりますよ、すっかりハマッてしまったようですね。その感覚は全国どこで釣っても、どのような魚を釣っても変わらないものなんですよ。魚の種類によっては横に走るようなものや、最初はググッと抵抗があってもリールを巻くと抵抗がなくなるもの。そうだな、それと、クイクイとリールを巻くときでも当たりが途切れないもの。たくさんありますよ。サケ釣りと違う大物では、比較的早くあわせるスズキのような大型魚もあれば、竿から当たりが伝わっていてもスグに合わせないでゆっくりと針掛かりさせなければならないヒラメのようなものなんかね」

小西は楽しそうだ。二人の前に出て来たホッケをつまみながら、唐突にさっき石黒が考えていたことを聞いた。さっきまでマイナスのオーラで自分自身を包んでいたものを振り払い、ポジティブに自分を変えるためでもあった。どのようなことになろうと、現状の打破だ。酔った頭でそんなことを考えた。

「ところで店での仕事はどうですか。先日仕事で小樽のパチンコ屋に行ったとき、景品カウンターの前で、店員さんとお客さんが揉めている場面に出会っちゃいまして。どうやらイカサマ行為をしたとかで、バタバタやっていましたよ。だから、小西さんの店は大丈夫なのかなと心配しちゃって」

小西は酔っているようだったが、少し上を見ながら、

「うちの店は今のところ、そんなゴト師が入ったことなんてありませんよ。元々、そんなに派手に出す店じゃないし、常連の客が半数くらいはいるんじゃないかな。まっ、今日は変な感じがなきにしもあらずって、感じはあったんですけどね。でもときたま、出ない予定の台が出たり、出そうと考えていた台が出なかったりということはありますからね。そうだ、店で会ったあのあと、すぐ帰っちゃったみたいですね。『出すぞ』みたいなこと言ってたのに。所詮はパチンコなんて、儲かるものじゃありませんよ。私が何十年この業界にいても、自分で他の店で打とうなんて思わないですから」

やはり小西は店内で、違和感をなにかしら感じていたようだ。遅かれ早かれ店側はゴト行為に気がつく。今の石黒が前面に出て仕切ることは既に不可能な状態だ。今日以上にゴト師の数は増えるだろう。荒っぽいゴトを仕掛けられなければアライズ側は、気づくのが遅れたとしても、たいした脅威とはならない。

しかし、ヒロシ達の抜き方は荒っぽい。今日のゴト師の布陣を見ても、入り口近辺に目立つ三人の

打ち子。店内奥に、地味なメンバー。これから先、地味なメンバーが徐々に増え、店員を巻き込んでゴトをおこなえば、狙った台を囲んでやりたい放題だ。ゴト師達だけで、一日に二、三百万は抜くだろう。気がついたときには、経営自体が傾いているということもある。

早く対処するためには、今からメーカーの技術担当者を呼んで全台ロムチェックし、鍵を変えてセキュリティの強化を図り、見える位置にカメラを多数設置、録画し、地元警察と情報交換をしながらホール周りの人員も増やす。それと同時に、毎朝従業員がホールに入る前と、毎夜営業終了の従業員不在の状況下で、全台をあけて違法ロムの点検をおこなうしかない。毎日専門職として、これを業務としておこなうことは疑問である。まして、日課として従事させることが難しいのは、どこのパチンコ屋でも同様だ。全台作業するとなると、二、三時間は要するからだ。

店側がセキュリティ強化したとして、それでもゴト師は一瞬で現状の店内の変化を読み取る。現行犯でしか逮捕できないゴト行為は立件が難しいのだ。例えば、ゴト師が台をあけ違法なロムを設置する。その後、設置した人間がその台を離れてしまえば、違う第三者の人間である打ち子が普通に打つことに違法性はない。まさか、この台はロムを替えたから私が打っていますとは口が裂けても言わないだろう。

押さえるとすれば違法ロムを設置している瞬間か、ゴト師が完全に特定できる鮮明画像を録画し、警察で後日、人物の特定ができた場合のみ、その人間を任意で調べてもらうしかない。店側が一番確実なのは違法な機械を身につけている状態で発見、通報することだ。このすべてをアライズができるだろうか。小西が対処できるだろうか。

「石黒さん、ついこの前小西さんと、豊平川までサケを見に行ってきたんですよ。結構この辺にもいるんですね」

「小西さん、サケが見えていても獲っちゃだめですよ」

「やめて下さい、釣具屋の店員みたいなことを言うのは。豊平川に行く前日、同じことを釣具屋で注意されちゃいましたよ」

「へえ、前の日にサケのいる場所を聞きに行ったりしてたの。調べてたんだ」

「違いますよ、確認しに行っただけですよ」

小西が笑うと、石黒も女将の高井も笑った。

開店と同時に、毎日歩き回っているホールに入り小西は考えごとをしていた。昨日の石黒の言葉だった。アライズでゴトはない。今も店内を見回しても普段通りの客の入りだし、常連の客も多い。特別におかしな人間はいない。

先日、天然の川『幌川』でサケを上げたが、次の釣行はもう少し札幌よりにある川の水が払い出している場所を探そうということになって昨日は別れたが、どこら辺がいいのかは、自分でも探して石黒と行くことを相談しようと考えていた。

今の時期、サケの遡上する場所は、北海道全体になった。ほんの少しは時期などが問題となる場所もあるかもしれないが、それでも常に、おんぶに抱っこの状態では、石黒に申し訳ない。

少しでも面白いと思った釣りを率先してやるのならば、自分からも動かなければならないだろう。そのためには小さな車も必要かもしれない。まさか、店の車を私用で使うわけにもいかないし、石黒が乗っているような素晴らしい釣り専用車とまでいかなくとも、自分の趣味のために用意する車があってもいいのかもしれない。

もしかしたら、『高井』の女将さんも、一緒に行ってくれるかもしれない。自分自身に使ってきた金は思い出しても酒くらいのものだ。女を抱きに行くこともしたことがない。仕事が終われば、数年前までは従業員にあてがわれている部屋でクラシックの音楽を聞くこと、テレビを見ること、アライズ店の時間と一緒に流されることに違和感もなにも感じていなかった。

新聞をにぎわす政治的な問題にも一瞥をくれるだけで、他人に話したり考え方を吐露しようなどとは思ったこともない。むしろ、率先的に自分を隔離することによって自由を手にしてきたのだ。『高井』で酔うことだけが唯一の娯楽であり生活すべてからの離反行為でもあったのだ。

ホールを歩きながら、釣りのことを考えていたときに客からのランプがついた。景品カウンター近くの客が小西を呼んでいる。きっと、スロットのコインが詰まったのか、当たったからコインを入れる箱を持ってこいということだろう。客が店員を呼ぶため台の上部に設置しているランプを点滅させるのは、九十九パーセント以上これだ。

ランプで小西は呼ばれ、客の近くに行くと常連の客だった。その年配の男性客は何年も前からアライズで見ている。ちょっと話したこともあった。小西が近づくと、その客は席を立ち上がった。台を見るとスロットのコインが入っていない。きっと文句のひとつか二つは言われるのかもしれない。客は景品カウンターの方に歩き小西の正面に立つと、

「おかしな奴らが二人いるぜ。俺がやっていた台の隣の若い女。それとその横の年寄り。仲がいいようだが、年寄りの男の台が開いてるぜ。店員も呼ばないし変だろう」

常連の客は「また来るよ」と言って出口に向かった。言われたシマの上部ランプを見てもなにもついていない。小西は、左右に客が背中合わせに並ぶ通路を普通の足取りで通過した。

向こう側に着いた小西は、あえて振り向きもしないでそのシマの通路から見えない位置に体を移動させた。今、問題のシマを通ったが台は開いていなかった。指摘された客の二人は通常通りにコインを入れてゲームに夢中のように台の正面を向いて打っている。後ろを通過する小西に気づいた感もなく変な態度もない。常連の言うように本当に台が開いていたのだろうか。セブンが揃った場合に出るコインもまったく出ていない。むしろ、周りにいるほかの客よりも出ない台に座って、当たりを引き込もうとするかのように、台にコインを投入していた。

小西は昨日の一件を思い出す。台が開いていると警告ランプがついたと、コンピュータルームから指示が出た一件だ。小西は景品カウンター横に移動して自分の首にかけてあるインカムを使いコンピュータルームにいるマネージャーに連絡をとり確認する。マネージャーは小西からの指摘に「気づかなかったし、開錠ランプはついていない」とインカムで報告してきた。了解した小西はホールを歩

き出す。

広いホールの中にはアルバイトの店員もウロウロと担当区域のシマで動いている。小西は、常連から指摘された担当区域の山崎に、特に台指定をせずにシマに張りついてお客さんにサービスをするように指示する。今日はスロットコーナーの担当は山崎だ。担当のシマは、五シマある。しかし、忙しいときには手が開いているものが客の呼ぶランプに、率先して向かいドル箱を渡したりするサービスは大至急おこなうようになっていた。

気になった。どうしても小西は台が開いていたということが気になって仕方がなかった。今日のホール周りの人数は男が四人、女が二人、小西を入れて七人、景品カウンターの女性店員が二人。小西は遠くから指摘された台を観察していた。年配の男は打ち続けていたが、若い女の方が、スロット台があまりにも出ないということで、台を変わった。反対側に座りなおしてサンドイッチと呼ぶ、台と台の間にあるコイン貸し機に千円札を投入して自分の座っている台で再びスロットを打ち始めるようだ。女が座って間もなく、近くでスロットを打っている客が女の隣に移動した。そこまで小西は確認して、山崎もそのシマにいることだし、その場を離れて二階にあるコンピュータルームに向かうことにした。

スタッフオンリーのドアをあけ、コンクリートの階段を上る。二階のコンピュータルームのベルを鳴らすと、マネージャーが中からドアをあけてくれた。

「主任、どうしたの」

「チョット気になることがあるんで、いいですか」

小西は、計器類が並ぶ上部にあるモニター画面を見せてほしいと中に入り、先ほどのシマ全体を見ていた。マネージャーは今まで新聞を読んでいたのだろう、ソファーに座るとテーブルに広げてあった新聞をバサバサなおし新聞に目を落とした。小西は、モニター画面だけを見ている。先ほどの若い女は移動した席でコインを入れて遊んでいる。ときたま、隣にいる若い男と話しているようだ。若い男の横には年配の男。女の周りの台が比較的混んでいる様だった。シマ全体にお客は入っているのだが、特に混み具合が偏っているようだ。「主任、コーヒー飲む。俺は飲むから一緒に入れてくるよ」

「そうですね、一杯だけもらってもいいですか」

主任という肩書きではあるが、実際この店では一番古い。オーナーサイドの人間は店に顔を出すというのは月に二度か、三度あればいいほうでほとんどは店長を兼任しているマネージャーか小西が毎日詰めることになっていた。しかし、このマネージャーすら毎日コンピュータルームにいることはない。ときたま顔を出して台の設定変更や、遊戯業組合の会合という名目で不在がちなのである。実権があるとは言わないが、自然人畜無害の小西が損な役回りをやらされていた。

小さなキッチンのような流し台に置かれているコーヒーメーカーから二杯のコーヒーをカップに注ぎ、小西に勧めるマネージャーは眠そうな顔だ。もっとも、この眠そうな顔は今に始まったことじゃない。

小西はコーヒーを口に運びながら、今見ている画面をズームアップさせ、録画機能を確認してマネー

ジャーに、

「このところ店に顔を出すことが多いですね。新機種でも入れるんですか」

「そうなんだ。今度のイベントでは、現在の人気機種だけ残して、大幅に入れ替えようかと考えているんだが、うまくパーセンテージを落とさないと客がスグに離れちまうからな。売り上げの帳簿を見ながら、出玉率を考えなきゃならないから頭の痛いところだな」

「声かけてくれれば手伝いますよ。このところひとりで残業して釘のアタリも見ているんでしょ」

「大丈夫、これくらいは俺の仕事だからな。デジタル、デジタルって俺が修行していた頃には考えられなかったもんな。釘をたたけりゃ、どんなところにも玉を弾かせて見せるんだがな。今なんか、五か所くらいの命釘の向きだけだ。玉の流れは今じゃ液晶画面で一方向のみ。なんか面白くないんだよな」

「そうですね。液晶画面が大きいから玉の飛ぶ場所はきまってしまっていますからね。センターチャッカーに入ってからはデジタルがすべてですから」

目の横でホールのモニター画面を見ていた小西は、「アッ」と声を出して画面に目を向けた。その画面には、一台のパチスロ機を大柄な男が客の横に入りモニターカメラに背を向けていたのだが、男の肩口からわずかに台が開いていることを見たのだ。ホール係りの人間は周りに誰ひとりいない。

「マネージャー、ゴトです。ビデオ録画の確認とズームアップで狙ってください。私、下に行きます」

マネージャーは急にモニター席に座り直し、機械を調整している。小西は、ドアを蹴り、階段を急いで下りて行く。一階のスタッフドアをあけホールに足を入れるとすぐ、山崎と男のホールスタッフ二名を手招きして呼び集める。けっして焦ったり、バタバタとしてはいけないと自分に言い聞かせ、ホールスタッフにモニターの状況だけをインカムを使い、簡単に説明しながらシマの入り口両方向を固めさせた。そのまま小西は、目的のシマに向かった。シマの入り口で男とぶつかりそうになったがシマ列を見て再度驚いた。

たった今、モニターで自分が確認した場所には誰もいないのだ。その場所だけがいないのではなく、台が開いたと確認したその台の周り五台くらいに誰もいないのだ。台は全台キッチリと閉まっている。反対側で打っていた大学生のような風体の客は、従業員が五人もバタバタとシマに入ってきたことを不思議そうな顔をして見ている。シマの真ん中近辺だけが無人なのだ。二階から小西が下りてくるのに二分もかかってはいない。

「山崎、台をあけてロムを調べろ。その台周辺に調整中の札を掛けて閉鎖。今出て行った客のことを知っているか俺は常連に聞いてくる」

小西がゴトをされたシマを出るとき、隣のシマから出て来た男は出口に向かって歩いているが、小西の頭の中には、さっき二階のモニタールームで見ていたときにゴトの瞬間、背中合わせに打っていた男だと思い出した。腰から銀色をした鎖が尻に入れてある財布まで繋がっていたのを覚えていた。

「君、すみませんが。君」

男はいきなりホールを出口に向かって走り出した。小西はほぼ同時に走り出す。近くにいたホール係も瞬時に気がついたのであろう。その男のあとを追いかけてホールの端で追いつき、追い詰めることができた。男は、「すみません、すみません」としか言わない。小西は、

「少し話が聞きたいから事務所まできてもらいますから」

そういうと男は、また、逃げようとした。このままでは暴力事犯に発展しかねないと考えて、どうにか景品カウンターの近くまで男を連れて行くことができた。カウンターの中の女の子は、訓練のときのように電話を持っている。スグに警察に電話などはできない。確たる証拠がまだないからだ。すきあれば逃げ出そうとする男の腰から長く薄い金属の板のようなものが少し出ている。小西は、

「これで悪戯したんでしょ。もうビデオで撮ってわかっているんですよ」

「すみません。私はやっていません、これは渡されただけで」

「集団で台をあけたのも録画してあるんです。みんな話してください」

男は、観念したのか首を縦に振った。

それから五分ほどで、男は駆けつけた警察に連行されていった。録画したビデオは「参考になりますので」ということで、警察官が持っていった。

「バカ野郎、サツが来る前にどうして一緒に連れて店をでなかったんだ。お前らバカか、新入りにロムや施錠外しなんか持たして店から出すなんて、こんなことは初歩の初歩だろが。台鍵だってあったんだろうが。なんで道具が必要だったんだ。ヒロシ、新入りのガキはどこまで知ってんだ。今頃サツ

の中で締め上げられているんだぞ」

「ここ二週間ぐらい前からス。打ち子としてチョコッと小遣い稼ぎをさせていただけで、飲み屋にもまだ連れて行っていないくらいっス。これから仕込もうとしていたところだったんで」

「俺のことや、組織のことは本当に教えていないんだな」

「大丈夫だと思います。水口さんがスグに携帯で情報をくれたんで他の仕事も全員今日は上がらせました」

「俺の情報はどうでもいいことだが、アライズのゴトを知っていた奴はお前らの他には誰がいるんだ」

「石黒さんだけですけど」

「それは俺も知っている。野郎根回しの途中だからヒロシに引かせろみたいなことを言っていたから気になるがな」

「石黒さんは関係ないスよ」

「バカ、お前もっと考えろ。少なくとも若い奴らの頭にいる奴がそんな甘いことを言っているようじゃ先はないぞ。いいか、自分がアライズに粉をかけてマネージャークラスと、もう少しでしっくりいくとこだったんだ。それを俺とお前が横槍を入れて奪った状態になったんだぞ。人間なら誰しも頭にくるだろう。ましてこの頃あの野郎は、なにかと動きがおかしいから変なんだよ。お前だって言っていたことじゃねえか」

「石黒さん、ヒロシです。今どこですか。チョット耳に入れておきたいことがあるんですけど」

「ふう、呑みすぎ。このところ二日酔い、三日酔い。自宅で、ぶっ倒れているよ」

「実は今日の昼間、アライズで若いのがサツにパクられまして、石黒さんはどうしているのかなと」

「アライズで。何人。仕込み中か」

「ええひとり。仕込みは三台入っていたんですが、欲をかきまして営業中に小遣い稼ぎをしようとしたらしく、若いのが四、五人でいじっちゃったらしいんス。道具も一緒にサツに持っていかれました。ホントは最初からデキデキだったみたいで。水口さんがブチ切れているんですよ。俺は石黒さんを探してくるって別れたんスけど」

「デキデキってどういうことなんだ」

「詳しくはわからないんスが、今回の仕事は水口さんが指定してきたんスよ。だから直接俺ら台を悪戯してないんス。四日くらいは指定された台でビッと、いい仕事できたんスけど、もう少しゆっくり抜けとか、水口さんからときたまパチ屋まで携帯が入って、あんまり楽しい仕事じゃなかったんスけど、それで若いのが俺が仕切っていると勘違いして、別枠で抜こうとしたと思うんスよ」

「ヒロシ、俺もバカじゃないぞ。なんで俺を探していたんだ」

「すんません。水口さんが言うには、アライズに先にチンコロしたのは石黒だって、さわいでいるんスよ。それで」

「悪かったたな。お前はお前なりに俺に義理立てしてくれて、先に教えてくれたってことか」

「石黒さん。体をかわした方がいいスよ。俺は釧路のほうに行ったっていいますから。このところ、なんやかんだで金がなくなってきて昨日、俺の名義になっていたはずのあの店で、金を借りようとして金融屋に言われた書類を揃えようとしたら、全部水口さんの名義になってんの発見しちゃったんスよ。驚いてぶっ飛びましたけど、水口さんにはまだなにも言っていないんスけど」

「店の件は絶対に言っちゃダメだぞ。それがヤクザなんだよ。最初からわかっていたはずだろ。お前もそろそろ考えないとやばいかもしれないな」

「石黒さん、俺が全部金を出して今までやってきたんですよ。あの店だってこの前の小樽での失敗でも、三百万水口さんに渡して解決してるんスから」

「わかった、ありがとうな。アパート至急引き払うわ。ヒロシそのうち違う場面であおうや。まっ、その三百万も相手側にキチンと渡ったかは考えもんだな」

石黒は、考えるまでもなかった。アライズの件は、俺やヒロシ以外にも動いている人間がいたんだ。食事会のとき水口にアライズの話を俺がしたものだから、ヒロシを前面に立てゴトを急いだんだ。そして俺を対向する矢面に立たしてヒロシと対立させ、打ち子としてヒロシのグループを直接利用した。お笑い種だ、なにも知らなかったのは俺とヒロシだけだったたってことか。水口の野郎、いい仕事するじゃねえか。この先まず俺をここから追い出して、次は反抗すればヒロシだ。

でも、アライズでお引きしたのは小西じゃない。絶対にあのタイプじゃない。それに奴は損なつまらない不正なんかしないだろう。今は、焦って動くときか。

「今、上に行ってきたけど、タケ、主任の目つき、キレてんぞ。ヒロシさんが言ってた内容と、ずいぶん違うんじゃネェ。こんな大事になるなんてよ。次はお前だろ、上。俺は『なんにも知りませんでした』って言ってきたけどよ。主任、警察から帰ってきてから、なんか態度が変だから、俺らのことバレてんじゃネェ」

「そりゃネェよ。でもよ、ヒロシさん達を見ない振りっても、限界、限界。まさか俺らが担当の、シマ列の台が開いちゃってるんじゃ、ヤバヤバ」

「主任に内緒で話した方がヨクネー。だってよ、一杯飲ませてもらって、遊ぶ金十万くれただけだぜ。さっきのパクられた奴、チャライガキみてぇだから、サツで全部話しちゃうぜ。俺、金は持ってっから、お前の分も貸しといて二十万封筒に入れときゃ、まだ使っていません、預かっただけですって、で、大丈夫なんじゃね。主任、話はわかる人だと思うんだけど」

「バカ、クビんなんぞ。下手したらこっちもパクられんぞ。店が終わるまで普通に仕事してようぜ。わかりゃしないって。店終わってもスグに帰んなよ」


小西は、ゴトの事実関係だけを一部始終、警察で話した。ここ何日かの売り上げが予定と誤差がおおきいことも。警察の見解では、当たりをつけた店には何週間も前からゴト師は調査をすることが普通だという。従業員にもそれとなく気を配って欲しいと。

そして、被害届けを出すと同時に開店前に店の台を写真に撮ったり、売り上げの状況も必要になるので、いろいろ書類を揃えてもらうだろうと細かく指示をされた。犯人よりも被害者の方の事務手続きが必要になるなんて、仕事を増やされたようなものだ。

夕方店に戻り、従業員を個別に二階に呼んで事情を話しながら、様子をうかがうことにした。一度だけでも従業員からそのときの状況など、聞き取りしておきたかった。警察にもそれぐらいはして欲しいと、言われた件もあってのことだ。

当時ホールは、山崎と武本がゴトをしたとされる台の担当だった。あれだけ一台の台に目隠しをするように人間が立ちはだかっていたのに、変だとは思わなかったのだろうか。閉店後、スロットメーカーの技術担当者の立会いで、ロムや計器のチェックを予定しているので、機械に対する異常はスグに判明するだろう。しかしどうも釈然としない空気を小西は感じていた。


足は『高井』に向いている。十二時過ぎ、この時間なら小西がきている可能性は高い。店の前に着くと、立ち話をしている三人の男達がいた。中で話せばいいものを。店の前に着くと小西が二人の男の肩越しに、石黒と目が合い、

「あっ、こんばんは、今、中に入りますから」

小西の横に立っている男には見覚えがあった。先日ヒロシとすすきので話をしていたひとりだ。チラッと見ただけだが間違いない。きっと今日、昼のことでなにか話でもあったのだろう。この二人のガキも大変なことに巻き込まれているんだろうが、俺も人のことは言えない。ゆったりとかまえてい

る時間すらないだろう。十分ほどすると小西が客のいない店内に入ってきた。その顔はいたって平静を装っていたが目が笑っていない。先に店内でビールを飲んでいた石黒に、

「久し振りですね、石黒さんこのところ店にも顔を出さなかったから。出張でしたか」

「北海道をあっちこっち行ったり来たり、相変わらず貧乏暇なしですよ。小西さん明後日時間取れませんか。確かこのお店も休みですよね。女将さんも一緒にドライブがてら、半日くらいどうですか」

「えっ、私も。そうだなあ、三人で行くんならいいですよ。どこに行くんですか」

「私の車で、千歳を経由して苫小牧の堤防釣りです。時期にもよりますが、カンパチ、フクラギ、アジ、サバ、カマスなんかが上がる場所です。面白いですよ。そうですね今はコマイかな。干物じゃなくて鍋にすると私は好きですね。コマイってカンカイですよ」

「あ、カンカイ。干したものを食べるときは堅くて私、金槌で叩いてほぐしてから食べたわ」

「だけどコマイって、煮たり焼いたりしても美味しいんですよ。だってタラの小さいものだと思っていればいいんだから。それが苫小牧あたりで、上がっているらしいんですよ。サケ釣りと違って、堤防から釣れるでしょうから車もスグそばに置けるし。小西さん三人で、是非行きましょうよ」

小西は考えていた。行きたいのは行きたい。しかし、今日のゴト事件のあと、すぐに店を留守にしてもいいものだろうか。警察への書類作成はマネージャーがしてくれるというから問題はないだろうが、問題なのは奴ら二人だ。まったくなにを考えているのか聞いたときには驚いた。若いホール係の面倒も見ないでいたのは俺も責任の一端があるかもしれない。

私生活まで口を挟むことは極力避けてきたし、今の若い子達も嫌うだろうと知らぬふりをしてきた。自分自身の中にパチンコ屋の従業員なんかは、いくらでも取替えがきくもので、いちいち相手にしてはいられない。という気持ちが自然発生していたことに思い当たった。

まさかあの二人がゴト師を引き入れていたとは思ってもいなかった。本人達は俺が知っていると勘違いして話したのだろうが、頭の痛い問題だ。話を聞いたときから警察に連れて行こうとはまったく考えていない。むしろ何事もなくこの問題が解決することを祈っている。

世の中にいる大多数の正統派の人間達の考え方や、テレビドラマなどでは問題にきっちりと向き合い、解決することが一番いいことだとしている。わかる。わかるが実生活は違う。今更犯罪者を増やして、ことを大きくしてなにが得られるというのだろう。

大切なことは、自分のしたことが善と悪として消化できたかだろうと思う。もちろんそれは、俺に閉店後二人で、話があるといった瞬間に自分達の心の中で解決できた問題なんだ。

しかし、露見したら世間はそれで黙ってはいないだろう。店からは追い出され、この問題で言うなら金を出したやつがどのように山崎と武本を追い込むかということだろう。警察からの事情を聞いただけでは、今のところ引き入れた問題や質問はまったくない。若者のパチンコ仲間が悪戯をしたという感じである。警察も逮捕した人間から現状以外の深い情報を聞くことができるとは思っていないだろう。

まだ誰も知らないが、二人に、影の部分で金を渡したという人間だけだ。二人も、その人間とは知り合ったばかりだというし、この騒動でコンタクトをスグに取ってくるとは思えない。二人には今まで通り、仕事をしていろというしかなかった。それが一番の解決方法だと考えた。もしもコンタクトを取ってきたらそのときは自分が出て行こうときめた。

釣りか。つい二、三日前とは状況が違う。しかし山崎、武本にも言ったように普通に今まで通り過せと注意したばかりだ。気分を変えるためにもあえて海でも見に行くのはいいかもしれない。自分や状況に対する誤魔化し、言い訳、なんでもよかった。

「小西さん、どうするの。石黒さんがこんなに言ってくれるの久し振りじゃない」

「ああ行くよ。俺も」

普段あまり行かない大衆居酒屋にヒロシは水口から呼び出されていた。

「どうなんだ。体を持っていかれた奴は大丈夫なんだろうな。それと石黒はいたのか。お前から連絡がないからなにもわからねぇじゃねえか」

「石黒さんは、以前から言っていた釧路方面にいるって携帯で言ってました。新しい店でも開拓してるんじゃないスか。それとパクられた奴は俺の打ち子の使い走りで、グループのことはあまり知らないようです。打ち子として参加したのも三回目だって言ってましたから。動きが大きくなりそうだったら、俺の参謀格をひとり出頭させますから、ガキの悪戯が大事になったってことで終わらせます」

「石黒の野郎が一枚噛んでいるのは間違いないんだ。いいか石黒にはな、こっちは普段通りに仕事をしていると思わせておけ。お前が電話するときには、食事会の件で会いたいとだけ伝えるんだ。あとは俺がすべてうまくやるから。いいな」

小西と女将さんを釣りに誘った石黒だったが、その日まで自宅には戻れないと考え、市内から少し離れたホテルを予約した。また、釣りのときに使用している車も異動させ、車の側面に車専門のカーショップで買ったテープを使い、幅の広いラインを横に長く入れた。これで石黒の車を知っている者が見ても、その印象は同じ車とは思えない。警察が動いているわけではないので、宿泊客を調べたり車輌検問などということは、水口達組関係者ではできないからだ。

石黒は『高井』で雑談していたときのことをよく覚えていた。小西に釣りを教え、そんな小西がいった言葉、

「小さな夢を見ることにしました。今の仕事を続けながら、北海道のあっちこっちで、竿を出したいものです」

そんなたわいのないことだった。でも石黒は嬉しかった。こんな理由もない言葉が温かく聞こえたりするのも気分がよかった。明日はちょと忙しくなるだろうが、目立たないように動き回ろうときめた。

早朝、札幌の駅前で待ち合わせをした小西と、『高井』の女将さんと会った石黒は、その小西の帽

子のツバを後ろに被った姿に郷愁を強く覚えた。そしてなぜ、小西に対してなんとなく昔からの友人のような気持ちをいだいたのかも氷解した。ロシアに拿捕され短い間だったが抑留されていた間に死んでしまった叔父さんと、姿のみでなく、顔かたちが似ていたのだ。声はまったく違うのだが、車の中から二人の姿をあらためて見ていて悟った。なんだか自分ではわからない巡り合わせが可笑しかった。そして船の中でツバを後ろに被った叔父さんからなにくれと教えてもらったことを走馬灯のように思い出していた。

今日でこの街とも、しばらくお別れだと昨日はいろいろと動き回った。水口達が自分に嫌疑を掛けたことはまったくのお門違いだ。釈明する方法はいくらでもあるだろう。しかし、方向性がきまった組関係者には難しい相談だ。

水口の欲求は、俺を北海道のゴト師から離れさせることだろう。それとマイナス要因のすべてを俺に押しつけることで、組織的な安定を目論んでいるのだろう。マイナス要因の部分は、他にいくらでも作り出すだろう。

ヒロシのことが少し心配ではあるが、一昨日の電話でのやり取りからは、水口に対して全幅の信頼を置いているのではないことがわかった以上、うまくやるだろう。アライズも、今、ゴト師達が不要な動きをすることで、警察から必要以上のマークを受けることになると考えて、なんの手出しもできないだろう。どう考えても、俺が存在する余地はない。

札幌駅で、二人が後ろの席に乗りこんでくると、

「これね、小西さんが言っていた釣りのための車って。確かに、私にはわからない道具がたくさんあるのね。天井にも、こんなにいろいろな竿が固定されているなんて、小西さんじゃなくても驚くわね」

「でしょ。こんな車に乗っていれば、どこでも釣りのことばかり考えてしまうって」

今日、釣りに誘った小西と高井さんには悪いが、それでもなんとか許してくれるだろう。

石黒は気持ちの整理がつき、楽になったためか国道36号線を今日は気分よく、千歳に向かって走る。
二、三十分過ぎ、北広島を通過しているとき、
「小西さんと高井さんに、頼みがひとつあるんですけどいいですかね」

「どうしたんですか、できることならなんでも言って下さい」

「昨日の夜、会社から急に東京にしばらく戻るように言われたんですよ。それも今日なんです。私が釣りに誘っておいて本当に申し訳ないんですけど。朝、東京の担当者のところへ電話して日にちを延ばしてもらうように言ったんですが無理でした。それでですね、今日は、お二人でドライブがてら苫小牧までお願いしたいんですよ。車と車内のすべての道具は自由に使ってください。小西さんも釣り糸や仕掛けを作ることはもうできるでしょうし、仕掛けの作り方や、対象魚のエサなど案内やつけ方は、今座っている座席の下に一式入っていますから」

「チョット待ってください、それは急というよりも、今日の釣りは先に延ばしてもいいんですよ。ね、高井さん」

「そうよ。急過ぎるっていうより、私は休みだから釣りはどっちでもいいけど、東京まで行く準備とかあるでしょう。さっき駅で言えばよかったのに」

「そこが頼みなんです。準備などは、男ひとりですからどうということはなく済んだんです。この頃の宅配便は二十四時間営業ですから、あらかた早朝便で送っちゃったんですよ。ただし残ったものがありまして、この車なんです。しばらく預かってもらえませんか。もちろん駐車場代などの経費は用意してあります。それと小西さん、釣りの道具はときたま使ってほしいんですよ。月に一度か二度でいいんですが」

「石黒さん、いつまで東京に行ってるの、何か月もなんて」

「どうも、半年くらいだと思うんですよね。私も向こうの仕事が終わったら、スグに飛んで帰ってきますから。小西さん是非お願いしますよ」

小西は、唐突な石黒の言葉に少し驚いていた。しかし、仕事仲間にも信頼できるものはいないと、二人で呑んだときに聞いてもいた。できることなら協力してあげたいと考え始めた。

「半年くらいなら仕方ないいんじゃない。店の隣に車一台分、私の駐車場が空いてるから置く場所は大丈夫だけど、でも、そんな急に移動させる会社ってどんな会社なの、営業だって行ってたけど」

石黒は予想していた質問に、

「精密機械の販売が中心ですが、機械のメンテナンスもしています。東京で人間が不足しているということで、人間の補充ができれば早く帰ることになると思いますから」

小西はなにか釈然としない思いをいだいてはいた。今までつき合ってきた石黒は、こんなに無計画にことを進める人物ではないと思っていたからだ。普通なら断るべきかもしれない。しかし、石黒は半年程度だというしただ単に駐車場に放置しているよりはと考えたのかもしれない。

車は新千歳空港の駐車場に三人を乗せて滑り込んでいく。白い駐車線に車を停めエンジンを切ってから、小西に簡単に車内の説明をする。助手席のグローブボックスに車検証、保険証、それと駐車場代として十万円入りの封筒を確認してもらう。小西は車を使わせてもらうということで、お金は不要と言うが無理やりに封筒を手渡した。

石黒は、昨日用意しておいた車の譲渡書や、印鑑証明は小西に伝えることは避けた。数日後、電話連絡でこと足りる。実際のところ半年で戻ってこられるとは思っていない。少なくとも状況が変わるためには、二、三年は必要だろう。そのために小西といい関係のまま今は別れたいのだ。

この車に小西も嫌な印象はないと確信しているからこそできるのだが、話を持っていくとき、断られると少しは心配したのだがそれもどうにかクリアした。小西と高井は車の後部席を利用し着替えている石黒の隣で、

「こんな急に、釣行から見送りになってしまうとは思わなかったな」

と何度も高井と話していたが、「すぐに札幌に帰る」という石黒の言葉に自分を納得させるようにし

たのだろう。

空港カウンターで東京行きのチケットを受け取ると、食事もできない時間の便に乗りこむという。小西は、ブレザー姿になった石黒に、

「今度は私が『幌川』に連れて行きますよ。いや、もっといい天然の川が流れ込む場所を探しておきますから」

「ああそうそう、これを忘れていました」

ハイエースの鍵と、小西と行った二回目の釣行の際に、デジカメで石黒が撮った写真を渡した。『高井』の店先で満面の笑みを浮かべ、サケをかかえている小西。写真を小西に渡すと搭乗ゲートへ石黒は向かった。

小西と高井は、空港ビル3階にある滑走路がよく見える席についてコーヒーを注文し、視野いっぱいに広がる滑走路と、駐機している石黒の乗るジェットを二人で見ていた。この空港は民間旅客機のみならず、航空自衛隊の発着も兼ねており戦闘機も飛び立つ。小西にとって札幌にきていらい久し振りの空港だった。

低い丘と林をシルエットに、石黒が乗る飛行機を見て小西は数十年前機動隊と対峙したときのことをまた思い出す。空港警備車輌が、赤灯を回しながら走る。航空自衛隊のF15戦闘機が二機、民間機の隣の滑走路に駐機している。ここはロシアと対峙する最前線基地でもあったのだ。

空港で高井と話している小西は、まだ知らなかった。札幌に戻り数日後にマネージャーが逮捕されることを。それは、水口に騙され情報を売っただけでなく、深夜に違法ロムを自ら設置していたこと。メーカー点検で、店内八か所からゴト師が悪戯したであろうという台が発見された。その発覚したときに几帳面な性格のマネージャーは、水口との会話内容をシステム手帳に記載してあり、警察立会いの捜査時に露見してしまったことを。

一週間、嵐のような日々が続き、自戒の念からか、山崎は店を辞めてしまった。武本は店長になった小西の下で今も働いている。高井の女将さんは小西とときどき、石黒から譲り受けた車で釣りに行っているようだ。車の駐車場は『高井』の店舗の横にある。

この小説に登場するすべての団体、名称、氏名を含む一切はフィクションです。

清水弘文堂書房の本の注文方法

■電話注文03－3770－1922／046－804－2516■FAX注文046－875－8401■Eメール注文mail@shimizukobundo.com（いずれも送料300円注文主負担）■電話・FAX・Eメール以外で清水弘文堂書房の本をご注文いただく場合には、もよりの本屋さんにご注文いただくか、本の定価（消費税込み）に送料300円を足した金額を郵便為替（為替口座00260－3－59939　清水弘文堂書房）でお振り込みくだされば、確認後、一週間以内に郵送にてお送りいたします（郵便為替でご注文いただく場合には、振り込み用紙に本の題名必記）。

鮭の大地

発　　行　二〇〇八年九月三〇日

著　　者　九鬼有浩

発 行 者　礒貝日月

発 行 所　株式会社清水弘文堂書房

住　　所　《プチ・サロン》東京都目黒区大橋一・三・七・二〇七

電話番号　《受注専用》〇三・三七七〇・一九二二

FAX　《受注専用》〇三・三七七〇・一九二三

Eメール　mail@shimizukobundo.com

HP　http://shimizukobundo.com/

編 集 室　清水弘文堂書房葉山編集室

住　　所　神奈川県三浦郡葉山町堀内八七〇・一〇

電話番号　〇四六・八〇四・二五一六

FAX　〇四六・八七五・八四〇一

印 刷 所　モリモト印刷株式会社

□乱丁・落丁本はおとりかえいたします□

Copyright©2008　Arihiro Kuki　ISBN978-4-87950-589-7　C0093